Bestsellers

Dello stesso autore

nella collezione Oscar

Così parlò Bellavista
La distrazione
Le donne sono diverse
Il dubbio
Elena, Elena, amore mio
I grandi miti greci
Nessuno. L'Odissea raccontata ai lettori d'oggi
Oi dialogoi
Ordine e Disordine
Panta rei
Raffaele
Sembra ieri
Socrate
Storia della filosofia greca. I presocratici
Storia della filosofia greca. Da Socrate in poi
Storia della filosofia medioevale
Storia della filosofia moderna. Da Niccolò Cusano a Galileo Galilei
Tale e quale
Il tempo e la felicità
Vita di Luciano De Crescenzo scritta da lui medesimo
Zio cardellino

LUCIANO DE CRESCENZO

CROCE E DELIZIA

I Libri di Paolo Caruso

OSCAR MONDADORI

I edizione I libri di Luciano De Crescenzo aprile 1993
I edizione Bestsellers Oscar Mondadori gennaio 1995

ISBN 88-04-39053-0

Questo volume è stato stampato
presso Mondadori Printing S.p.A.
Stabilimento NSM - Cles (TN)
Stampato in Italia - Printed in Italy

Ristampe:

10 11 12 13 14 15 16

2005 2006 2007 2008

www. lucianodecrescenzo.net

www.librimondadori.it

Indice

Croce e delizia

a Marisa

Premessa

Chi sono le stelle del cinema? Sono Clark Gable, Gary Cooper, Ava Gardner, Marilyn Monroe e via elencando. A parte le stelle, poi, ci sono i pianeti (gli attori comprimari) e i satelliti (generici, stunt-man e comparse), e dietro le macchine da presa il pulviscolo interstellare, ovvero i cinematografari. Ora, tanto per ristabilire il senso delle proporzioni, il pulviscolo costituisce, a detta degli astronomi, il 99,99 per cento della materia esistente; come dire che, anche se non si vede, rappresenta la quasi totalità dell'Universo.

Il milite ignoto del cinema italiano è in genere un individuo che ha sacrificato tutta la vita per dar modo alle stelle di luccicare. A lui non va alcun riconoscimento artistico che non sia quello, è ovvio, della paga settimanale. Eppure lui esiste: tant'è vero che il suo nome scorre microscopico e velocissimo, nei titoli di coda, anche se poi nessuno, ma proprio nessuno, a eccezione di lui stesso e di sua madre, riuscirà a leggerlo.

Lavora intensamente per tre, quattro, otto settimane, quindi viene regolarmente licenziato e non lavora più sino al film successivo. Per lui non esiste cassa integrazione o altro paracadute inventato dalla legislazione sociale. Quando finisce un film, rifà la valigina, partecipa a un brindisi con i bicchieri di plastica e poi scompare nel nulla. Se è fortunato, ricompare su un altro set, magari con qualche capello grigio in più, ma sempre con quell'aria provvisoria che è tipica di chi sta «facendo» cinema.

Il nostro *homo cinematographicus* – cinico, disincantato, buon mangiatore e di scarse letture – di solito si esprime in romanesco. Per lui, tutti i registi sono dottori.

«*A dottò, come annamo*?»

«Bene, e lei?»

«*E che je posso di': c'è 'a crisi. Io ci avrei pe' le mani 'n articolo 28, ma 'a paga è bassa. Però, pur de nu' sta' a casa co' mi' moje, ce vado.*»

Macchinisti, attrezzisti, elettricisti, segretarie di edizione, ispettori di produzione, aiuti-regista, aiuti degli aiuti, fonici, giraffisti, scenografi, fotografi di scena, gruisti, truccatori, costumiste, operatori, ciacchisti, sarte; e poi ancora: rumoristi, titolisti, doppiatori e montatori. Un esercito di formichine che ha fatto il cinema italiano. A loro va il mio ringraziamento di cinefilo. A loro dedico questo libro.

L.D.C.

I
La sarta

Rosa Grieco, anni quarantuno, da più di venti lavorava nel cinema: aveva cominciato come aiuto-costumista in un «totò» degli anni Sessanta. Bei tempi quelli (per il cinema italiano s'intende): si facevano duecento film all'anno e lavoravano tutti, da Fellini all'ultimo dei macchinisti. I «totò» erano film cotti e mangiati, roba che si girava in tre, massimo quattro settimane, e dove per i costumi non c'era mai una lira. Si andava a casa degli attori e si pescava nei guardaroba personali.

Rosa un giorno andò a casa di Alberto Sanna. Lui la guardò mentre attaccava un bottone e la promosse sul campo: «Da domani sarai la mia sarta personale» le disse e da quel giorno se la tirò sempre dietro. Niente sesso, sia chiaro, solo un rapporto di lavoro molto intenso e senza limiti di competenza. Nel caso di Rosa, infatti, dire «sarta» era riduttivo. Lei, in pratica, gli faceva di tutto: lo vestiva, lo svestiva, lo lavava, gli preparava da mangiare, lo imboccava, gli tergeva il sudore e lo difendeva dalle ammiratrici (anche quando lui non avrebbe voluto). Insomma lo proteggeva dall'alba al tramonto, fino al punto di montare la guardia mentre lui faceva il riposino pomeridiano, e guai a chi avesse osato alzare la voce nelle vicinanze della roulotte. Rosa, detto in una parola, era la tata, o se preferite la guardia del corpo (e anche un po' dell'anima), e si era così calata nel suo ruolo di Kagemusha, di «ombra del capo», da parlare solo al plurale.

«Quando vincemmo il Nastro d'Argento con *Amore senza fine*, quando andammo a Studio Uno, quando ci rompemmo la gamba a Cortina.»

Ovviamente, a vincere il Nastro d'Argento, ad andare a Studio Uno e a rompersi la gamba era stato solo Sanna, e non lei, ma a Rosa questa precisazione sembrava superflua. «Dite pure tutto quello che volete,» sottintendeva «tanto io ho gioito e sofferto come e più di lui.»

Col passare degli anni, l'identificazione si era sempre più sviluppata. A ogni inizio di film, tanto per fare un esempio, era lei, e non lui, a farsi visitare dal medico dell'assicurazione. D'accordo che si trattava solo di una visita formale, ma un conto era la prassi e un altro andare in giro dicendo: «Abbiamo la minima alta e ci fanno male le sistole».

E fu proprio in una di queste visite fiscali che Rosa scoprì di essere un'ipertesa e di avere un ingrandimento del ventricolo sinistro.

Domanda: ma Rosa era davvero innamorata di Sanna? Non lo so, o quanto meno non ne sono sicuro. Certo è che da alcune scene di gelosia alle quali si lasciava andare, lo si sarebbe potuto anche dire. Tanto per fare un esempio, quando vedeva le ragazzine ronzargli intorno, magari solo per un autografo, diventava una belva, le cacciava via a male parole e borbottava ad alta voce (anche perché la potessero sentire): «Al giorno d'oggi, le donne sono tutte puttane!».

Nel contempo, però, aveva un profondo rispetto di

sua moglie: «Che classe la signora Giovanna! Dovevate vederla ieri mattina, a pausa, mentre mangiava il cestino! Da come lo apriva e da come se lo piluccava, forchetta e coltello, avreste detto che stava seduta al Grand Hotel davanti a un piatto di salmone!».

Il cestino cinematografico, per chi non lo sapesse, è un'orribile scatola di cartone contenente il pranzo di mezzogiorno. Ne esistono due tipi: il bianco e il rosso, ovvero quello con la pasta al sugo e quello con la pasta al burro. Ai fini del gusto, l'uno vale l'altro, in particolar modo quando un minimo ritardo nel dare la pausa finisce col far amalgamare tutti i sapori.

Alberto Sanna il cestino non lo prendeva mai. Era Rosa a preparargli il pranzo ogni giorno, all'una in punto, nel cucinino della roulotte. D'accordo con la signora Giovanna, lo costringeva a una dieta povera di grassi.

«Abbiamo sempre avuto un filino di gastrite, fin dal primo film, *La notte dei sogni*» diceva, toccandosi la bocca dello stomaco. «Per noi la frittura è veleno. Guai a mangiare crocchettine, supplì e altre fetenzie del genere. Non parliamo poi della pastiera: una volta, per averne mangiato due fette di seguito, vomitammo anche l'anima!»

Il vero problema di Sanna, invece, era la vecchiaia incombente. A ben guardare, avergli affidato la parte di Alfredo nella *Traviata* era stata una scelta temeraria. D'accordo che si trattava solo di uno sceneggiato televisivo e che lui aveva un pubblico di casalinghe, tutte appartenenti al ceto medio, ma anche la storia di Violetta aveva i suoi bravi diritti, e il «giovane» Germont non poteva essere interpretato da un attore più vicino ai sessanta che ai trenta. Tutto questo, però, per Rosa non contava nulla, dal momento che per lei Alberto era sempre bello, giovane e intelligente.

Rosa non era sposata, viveva in un appartamentino ammobiliato fuori dal raccordo anulare, a due passi da Cinecittà. Quelli che la conoscevano da sempre raccontano che una decina di anni prima era stata fidanzata con un certo Ascanio, detto il Piranha, venditore bergamasco di auto usate, e che costui un brutto giorno, dopo averle prosciugato il conto in banca fino all'ultima lira, l'aveva mollata dalla mattina alla sera senza nemmeno dirle: «Crepa». Lei, poverina, non ne parlava mai. Solo quando sentiva citare Bergamo, non poteva fare a meno di bofonchiare: «Brutta razza quelli di Bergamo: sono senza cuore!».

Nel cinema, e in particolar modo quando si lavora fuori sede, la noia è tanta. Prima o poi occorre inventarsi qualcosa per far passare il tempo, e questo qualcosa nove volte su dieci è una burla.

Quella ai danni di Rosa fu progettata da Mario, uno degli attrezzisti, tipico esemplare della fauna cinematografica, ovviamente romano. Lei, però, diciamola tutta, gli scherzi se li tirava addosso: credeva a qualsiasi cosa le dicessero. Una volta, in una stalla di Castelfranco Veneto, le riferirono che per motivi di copione avrebbero dovuto scannare un vitellino appena nato. Ebbene, la fecero piangere per un'intera mattinata. Andavano e venivano agitando coltellacci sempre più minacciosi, fino a quando lei non si abbarbicò al collo della povera bestia, mettendosi a urlare come un'ossessa: «Prima me dovete uccidere, prima me!».

Furono costretti a chiamare Sanna per farla smettere

di piangere. Questa era Rosa, e questi i suoi compagni di lavoro.

Un giorno, alla periferia di Parigi, all'interno di una villa ottocentesca, si gira la scena finale della *Traviata*, quella dove Violetta muore tra le braccia di Alfredo. La protagonista, l'attrice francese Françoise Maurier, giace sdraiata su una *dormeuse* e ai suoi piedi c'è Sanna, opportunamente ringiovanito di una ventina d'anni.

«*Sto morendo*» sospira Violetta.

«*Che dici mai?*» le risponde Alfredo, avendo cura di non mettersi mai di profilo per non evidenziare una lieve irregolarità del naso. «*Parigi, o cara, noi lasceremo. La vita uniti trascorreremo. Dei corsi affanni compenso avrai. La tua salute rifiorirà!*»

Su queste ultime parole, parte la musica di *Parigi, o cara*, mentre la macchina da presa, opportunamente collocata su un dolly,[1] si alza con studiata lentezza ed effettua una lunga zumata a retrocedere. In fondo alla sala, dietro a tutti, c'è Rosa che piange: le lacrime le rigano il viso per poi finire, l'una dopo l'altra, sulla sceneggiatura.

«Stop!» grida il regista. «Stop!»

Poi, rivolgendosi a Sanna: «E no, Alberto mio, non ci siamo: tu continui a gridare come se Violetta si trovasse nella stanza accanto! Quella ti sta sì e no a cinque centimetri dalla bocca, e tu che mi fai? Le urli in faccia *Parigi, o cara*? Mi distruggi in pochi secondi tutta l'atmosfera che ho creato! La battuta me la devi sussurrare, non me la puoi gridare: si deve sentire e non sentire».

[1] Il «dolly» è una piccola gru che sorregge la macchina da presa.

«E non si sentirà, non ti preoccupare!» replica Alberto, stizzito. «Specialmente quando ci avrai piazzato sotto la musica! Piuttosto, cerca di ricordarti, almeno per una volta, che non stai girando una diretta televisiva e che nel cinema si può fare di tutto, sempre però che ci sia, poi, qualcuno che sappia stare alla moviola!»

«Questi sono affari miei! Tu pensa a fare l'attore!» urla il regista. «E se proprio lo vuoi sapere, il tuo problema non è il volume, ma il tono.»

Sanna a questo punto vorrebbe avventarglisi contro, o quanto meno rispondergli: «Ma che cazzo ne capisci tu di cinema? Sei forse un regista cinematografico? No? E allora statti zitto e non rompere i coglioni! Lo sai o non lo sai con chi stai parlando? Stai parlando con Alberto Sanna. Sissignore, proprio con Alberto Sanna. Con uno, cioè, che ha vinto il Nastro d'Argento nel '78. Tu, invece, sì e no puoi andare a dirigere il traffico a piazza Venezia. Anzi, sai che ti dico? Che nemmeno quello puoi dirigere, dal momento che, senza la Dc che ti mette una poltrona sotto il culo, neanche un posto da vigile urbano saresti capace di avere». Ecco quello che vorrebbe dirgli, e sta lì lì per farlo, quando si accorge di Rosa e delle lacrime che le bagnano il viso. A quel punto scarica su di lei tutto il malumore che ha in corpo: «*A Ro', e nun piagne che mme porti sfiga!*».

Quindi, rivolto alla troupe: «*Io a questa proprio nun 'a capisco: famo sedici ciac, dico sedici, no uno, e quella se mette a piagne sedici vorte!*».

Come dargli torto? Non esiste, infatti, nulla di più sdrammatizzante di un set cinematografico. Innanzi tutto, il dialogo viene continuamente spezzettato dal regista, per poi essere rimontato a film finito, in moviola. Intorno agli attori, inoltre, si trova sempre almeno una decina di persone, ognuna con un proprio compito da portare a termine: operatori, ciacchisti, fonici, attrezzisti, macchinisti, registi, aiuti-regista e aiuti degli aiuti-regista. Poi ci sono le macchine da presa, le luci, i cinquemila,[2] i bruti,[3] i carrelli con i binari, i dolly e decine di altri marchingegni, tutti più o meno indispensabili, come la «giraffa» del fonico che sovrasta la testa degli attori a mo' di forca implacabile. Per non parlare infine degli scenografi, dei costumisti e dei truccatori che, tra un ciac e l'altro, piombano come falchi sugli attori per infliggere loro gli ultimi ritocchi: il capello fuori posto, il vestito che non scende a piombo o le gocce di glicerina per innescare le lacrime quando proprio non vogliono venire.

«*Tu, seconno me, devi esse scema!*» infierisce Sanna. «*Te sei resa conto che stamo a girà 'no sceneggiato, o te dovessi da crede ch'è 'na storia vera? Dico io: ma se pò esse più fregnoni de così?!*»

«È più forte di me!» piagnucola Rosa, soffiandosi il naso. «Non so che mi è preso, non mi era mai successo prima.»

«*Nun t'era mai successo prima?!*» esclama Sanna, guardandosi intorno, come a chiamare a testimone tutta la troupe. «*Ma se nu' stai a fa' artro che a piagne da quanno avemo cominciato a girà 'sto sceneggiato de mmerda!*»

«È la storia che mi prende: il sacrificio di Violetta! Mi sembra di essere io quella lì, sdraiata sul letto.»

[2] Il «cinquemila» è un proiettore da 5000 watt.
[3] Il «bruto» è una lampada ad arco da 225 ampère.

E a dire il vero Rosa si era sempre identificata con le attrici che avevano lavorato con Alberto Sanna, belle o brutte che fossero. Motivo per cui, da quando faceva cinema, era stata di volta in volta duchessa, monaca, prostituta e spia internazionale.

«Una volta, ero ancora piccola,» rievocava «andai a vedere Ingrid Bergman che faceva Giovanna d'Arco. Ebbene, mi dovete credere: la sera, quando tornai a casa, ero tutta un rossore. Avevo bolle dappertutto, come se avessero bruciata viva anche me!»

L'aver dichiarato di sentirsi Violetta suggerì all'attrezzista Mario l'idea dello scherzo. Tutto sommato, deve aver pensato il mascalzone, non dovrebbe essere poi così difficile farle credere che è la reincarnazione della Traviata. Magari, con l'aiuto di una maga compiacente.

«E chi la conosce una maga, qui a Parigi?» obietta il ciacchista, detto anche Anima Nera. «Fosse stato a Roma, te l'avrei rimediata con una telefonata.»

«Io ho un'amica a Montmartre che si chiama Henriette; viene a trovarmi proprio questa sera» propone Mario. «Lei spera di scippare un paio di pose: pure da comparsa, mi ha detto, perché ha bisogno. Noi potremmo organizzare una seduta spiritica. Diciamo a Rosa che Henriette è la medium più brava che c'è a Parigi e le facciamo credere di essere la reincarnazione di Violetta Valéry.»

«Ma non è possibile: Violetta non è mai esistita» precisa il professore Gaslini, uno degli autori dello sceneggiato che senza volere ha sentito la conversazione. «Francesco Maria Piave, il librettista di Verdi, se l'inventò leggendo *La Signora delle Camelie* di Alessandro Dumas figlio, un romanzo, detto fra noi, tra i peggiori che siano mai stati scritti in Francia. Nella *Signora delle Camelie* Violetta si chiama Marguerite Gautier.»

«*E noi 'a famo parlà co' Margherita Gotié: che ce frega!*» risolve imperterrito Anima Nera.

«Ma nemmeno Marguerite Gautier è mai esistita» incalza Gaslini. «È, a sua volta, la trasposizione letteraria di un'ex amante di Alessandro Dumas.»

«*A professò: ma chenne pò sapé Rosa, che nun ha mai letto 'n cazzo, de Margherita Gotié e della trasposizione letteraria?*» ribatte Anima Nera. Quindi, rivolgendosi a Mario: «*A Ma', ma 'sta francese amica tua 'a sa fa' 'a medium?*».

«*Ma che stai a scherzà?*» risponde Mario. «Quella, Henriette, ha già fatto la medium in un film famoso. Adesso non mi ricordo il titolo, ma faceva pure la voce da uomo!»

«*Faceva 'a voce da omo?! Ma allora ce se sbudella dal ride*» si esalta Anima Nera. «*A Ma': t'aricordi de quella vorta c'amo scucito du' centoni a mi' madre e l'amo fatta parlà cor nonno?*»

«*Sì, però, a Rosa n'a potemo spellà!*» obietta Mario, in un soprassalto di onestà. «*Già 'a piamo p'er culo cor fatto d'a reincarnazione, se poi je scucimo puro ducento sacchi, me pare proprio 'na carognata.*»

«*E che te frega! Quella nu' spenne 'na lira: sta piena de BOT e CCT.*»

«*Va be', va be',*» ammette Mario «*ma me raccomanno, no' più de ventimila.*»

«Con il vostro permesso, io preferirei non essere coinvolto» taglia corto il professore. E si allontana di scatto, quasi a voler porre quanta più distanza possibile tra lui e quei loschi individui.

II

Madame Sevenet

Lo scherzo viene preparato nei minimi particolari: sulla porta di casa di Henriette, Giorgio Dinacci (l'aiuto-scenografo convocato al posto del renitente professor Gaslini) attacca una targa con la scritta a caratteri liberty: *Madame Sevenet, passé, présent et avenir.* All'interno luci soffuse, tendaggi arabescati e una decina di cuscini sparsi in giro in modo da creare quell'aria orientaleggiante che non manca mai negli ambienti esoterici, tavolino regolamentare a tre gambe, sfera di vetro per leggere nel futuro (ricavata dal globo centrale del soffitto della cucina di Henriette) e, come tocco finale, un teschio finto e una civetta impagliata presi in prestito dal magazzino Effetti Speciali.

Henriette recita la parte come meglio non potrebbe: si trucca da maga e assume un aspetto intermedio tra la zingara e la strega di Biancaneve. Oltretutto, ci tiene a far bella figura, dal momento che Mario si è impegnato a farle avere dalla produzione almeno quattro pose nei prossimi giorni. Naturalmente Rosa non si accorge di nulla. Tutto le sembra autentico e meraviglioso: la medium, la sfera di vetro, il tavolino a tre gambe, il teschio e la civetta.

Si siedono in cinque intorno al tavolino, ognuno con

le mani a contatto con quelle del vicino, come di rigore in ogni seduta spiritica.

«*Faites la chaîne*» ordina Madame Sevenet.

Rosa, Mario, Anima Nera e Giorgio Dinacci ubbidiscono prontamente.

L'inizio, comunque, non è per niente facile: il gruppo non è sufficientemente concentrato. Anima Nera, ad esempio, non riesce a trattenersi dal ridere: dà di gomito a Mario perché guardi Rosa che nel frattempo è diventata pallida come un cadavere. A un certo punto Madame Sevenet ne ha abbastanza e si alza di scatto: «*Messieurs, je regrette, mais de cette façon il n'est pas possible de travailler. Il faut que ce monsieur s'en aille!*». E indica il ciacchista.

«*Ma che, sta a di' sur serio?*» protesta Anima Nera, guardando Mario in modo complice.

«Che ha detto?» chiede a sua volta Rosa che non capisce una parola di francese.

«*Ha detto che Remo sta a fa' casino e se ne deve annà*» risponde Mario. Poi, rivolto a Henriette, aggiunge: «*Madame, veuillez l'excuser: c'est la première fois que mon ami participe à une séance*».

Anima Nera, dal canto suo, c'è rimasto un po' male. Tutto sommato, Henriette è stata scelta anche grazie al suo parere. Come si permette, adesso, di trattarlo in quel modo? Per amor di pace non dice nulla, altrimenti Rosa scoprirebbe il trucco, tuttavia non può fare a meno di mormorare tra i denti: «*Ma 'sta stronza, chi se crede da esse! Io mò sa che te dico? 'A manno affanculo!*».

«*Lo voi capì, o no, che te devi sta' zitto!*» scatta Mario inviperito. «*Pò esse che voi ciacchisti nun capite mai 'n cazzo?*»

Insomma, l'atmosfera non è quella giusta per un contatto con l'aldilà.

Viene rifatta la catena.

Dopo qualche minuto di assoluto silenzio, il tavolino comincia a ondeggiare: prima si sposta verso Mario, come se l'attrezzista lo avesse tirato a sé con un ginocchio, poi si alza di un paio di centimetri. Rosa impallidisce. Giorgio Dinacci, l'aiuto-scenografo, guarda Mario con intenzione. Vorrebbe chiedergli: «Ma sei stato tu a muovere il tavolino o è stato lo spirito?».

E se fosse davvero lo spirito? Forse su certe cose non si dovrebbe scherzare, pensa Giorgio, e in cuor suo si ripromette di non provarci più. Scherzo o non scherzo, contrariamente a quanto era stato deciso in un primo momento, Rosa non viene messa in contatto con l'anima di Margherita Gautier, bensì con quella di Armand Duval, il che crea non pochi problemi di traduzione: Madame Sevenet, dovendo inspessire la voce fino a farla diventare maschile, comincia a parlare un francese pressoché incomprensibile. Mario, comunque, non si avvilisce per così poco e ne approfitta per tradurre a modo suo le frasi meno chiare e per aggiungere messaggi personali a quelli in arrivo dall'altro mondo.

«*Faites silence, s'il vous plaît*» implora per la seconda volta Madame Sevenet.

Tutti tacciono. Rosa trattiene il respiro, e dopo qualche secondo si ode il classico scricchiolio dei mobili di legno.

«Chi sei?» chiede Mario in italiano.

«*Je suis Armand Duval*» risponde la maga con voce pressoché baritonale.

«*Avec qui voulez-vous parler?*» la interroga nuovamente Mario, questa volta però in francese.

«*Avec la femme que j'aime.*»

«*Et ou est-elle, la femme que tu aimes?*»
«*Elle est ici, parmi vous* »
Tutti si voltano a guardare Rosa.
«Che è successo?» balbetta la poverina al massimo dello spavento.
«Ha detto che ti ama» risponde il ciacchista.
«Chi mi ama?» ansima Rosa, e sembra che stia per esalare l'ultimo respiro.
«Un amante che hai avuto in un'altra vita» precisa Mario. «Quando facevi la mignotta a Parigi.»
«Io facevo la mignotta?»
«Sì, come Violetta nella *Traviata*.»
«Ma Violetta non faceva la mignotta!» protesta Rosa, piagnucolando.
«Come non faceva la mignotta? E allora che faceva?» le chiede Mario ridacchiando. Quindi aggiunge: «Ma ti sei mai chiesta che vuol dire "traviata"? Ebbene, te lo dico io che vuol dire: vuol dire puttana. Solo che Verdi, la sua opera, non la poteva mica intitolare *La Puttana*!».

Nessuno di loro, però, ha il tempo di approfondire l'argomento, giacché la medium, o per meglio dire Armand Duval, manda un altro messaggio dall'oltretomba: «*Je vous attends depuis longtemps. Pourquoi vous êtes venue seulement aujourd'hui?*».
«Che ha detto?» chiede Rosa, terrorizzata.
«Vuol sapere,» traduce Mario «perché ci hai messo quarant'anni a venire a Parigi.»
«Perché non sapevo di essere Violetta» risponde Rosa. Poi chiede: «Come si dice "non lo sapevo" in francese?».
«Si dice: *je ne le savais pas*.»
«*Je ne le savais pas* di essere Violetta» ripete Rosa in un francese ancora più maccheronico di quello di Mario.

«*Mais cette Violetta, qui est-elle?*» domanda, stupito, Armand Duval che, evidentemente, non ha mai visto *La Traviata*.

«*A Ro', e nun fa' casino!*» si spazientisce Mario. «*Quello te conosce come Margherita, no come Violetta.*»

«Scusa *muà*» si corregge subito Rosa. «*Je suis* Margherita.»

«*O Marguerite, mon amour, ne pleurez plus: vous devez boire du champagne à la nouvelle vie.*»

«Che ha detto?»

«Ha detto che devi offrire un pranzo a tutti quanti noi con molto champagne in un ristorante di lusso.»

«Quando?»

«Sabato prossimo, a Pigalle.»

«D'accordo, l'offrirò; tu, però, adesso chiedigli se davvero mi ama come mi amava una volta.»

«Chiediglielo tu.»

«E come debbo dire?»

«Di': *Monsieur Duval, m'aimez-vous encore?*»

Rosa fa di sì col capo e si rivolge direttamente a Madame Sevenet, cioè ad Armand.

«*Monsieur Duval...*»

«*Oui?*» risponde la medium.

«*... m'aimez-vous encore?*»

«*Oui, je vous aime plus que jamais!*»

E qui accade una cosa incredibile: tutti si aspettano che Rosa, trovandosi a tu per tu con il suo grande amore, svenga o quanto meno si senta male, e invece a sentirsi male è la falsa Madame Sevenet. Al secondo *oui*, infatti, Henriette chiude gli occhi, e se non fosse per lo scenografo che la trattiene per un braccio, cadrebbe di certo per terra. In un primo momento Mario pensa che l'amica stia facendo la scena. Quando, invece, si accorge che è svenuta sul serio, corre in cucina a prendere un po' di aceto. Evidentemente, Henriette si è così immedesimata nella parte della medium da cadere davvero in trance.

«*A Ma', 'sta stronza, seconno me, se more de fame!*» conclude Anima Nera con la proverbiale delicatezza del cinematografaro romano. «*Famola lavorà che senò ci 'a semo giocata!*»

Quella notte Rosa non riuscirà a chiudere occhio. Ormai è stabilito: lei è Margherita Gautier, per sé e per gli altri. Mario, dal canto suo, fa di tutto perché lei lo creda. Stanno ancora scendendo le scale della casa di Henriette, quando le dice: «*A Ro' e di' 'a verità, ma quanno sei arivata a Parigi, nun te sei sentita 'n po' strana?*».

«Sì, hai ragione,» ammette lei, convintissima «quando ho visto la Torre Eiffel, ho sentito qualcosa nel cuore che si muoveva, come se quella torre l'avessi vista in una vita precedente! Eppure, ti giuro, che questa è la prima volta che metto piede a Parigi.»

Nessuno dei presenti ha il coraggio di dirle che ai tempi di Margherita Gautier la Torre Eiffel non era stata ancora costruita. Comunque, anche se glielo dicessero, non le farebbero cambiare idea. È così forte la sua convinzione di essere la reincarnazione della Gautier, che perfino gli altri della troupe finiscono col crederci.

Appena possibile, Rosa si fa prestare dal regista il libro di Dumas figlio, *La Signora delle Camelie*, e se lo legge tutto d'un fiato, dalla prima all'ultima pagina, per poi ricominciarlo da capo. In pratica lo impara quasi a memoria, non solo, ma a ogni minimo dubbio apre il libro per chiedere spiegazioni a Mario o a Giorgio Dinacci.

«Perché Verdi non l'ha chiamata Margherita?»

«Perché, come nome, era troppo lungo. Quando si canta all'opera i nomi lunghi danno fastidio.»

«E io, allora, perché mi chiamo Rosa e non mi chiamo Margherita?»

«Perché è sempre il nome di un fiore: Margherita, Violetta e Rosa sono tutti nomi di fiori.»

«Uguale profumo avrebbe la rosa, pur se rosa non si chiamasse» recita Giorgio, con enfasi.

«Chi l'ha detto?» chiede Mario.

«Non lo so, l'ho sentito in televisione.»

«Comunque,» osserva Rosa «c'è un particolare che non quadra: sia Margherita che Violetta avevano avuto un sacco di uomini. Io, invece, praticamente zero, anzi uno. Come ve lo spiegate?»

«Perché tutto, prima o poi, si compensa: così funziona la reincarnazione» risponde Mario. «Quando uno fa molto in una vita, poi fa pochissimo in quella successiva. Alla fine tutti finiscono con l'avere la stessa quantità di gioie e dolori.»

«Sì, però,» obietta Rosa «tenuto conto di come stava inguaiata Margherita Gautier con la salute, io dovrei stare benissimo, e invece mi sento una schifezza.»

«Che hai?» chiede Giorgio.

«Ho la pressione alta e ho le sistole che mi fanno male.»

«E che c'entrano le sistole; Margherita aveva la tisi! E poi la legge della compensazione vale solo per le cose belle; per quelle brutte ognuno si arrangia come può.»

Rosa ci pensa sopra un pochino e poi dice: «Speriamo nella prossima».

III
Alberto Sanna

«Ma dove cazzo è andata a finire Rosa?»

Alberto Sanna quella mattina è fuori dalla grazia di Dio: Rosa praticamente è sparita e lui ha perso la sceneggiatura, quella personale, quella con gli appunti, quella dove aveva segnato le pause e i cambiamenti di espressione. D'accordo che potrebbe cercarla lui stesso, ma dove? Nella villa? Nei camerini? Nel parco? Ah, già, nel parco. Adesso ricorda: la sera prima era stato nel parco con quel rompiscatole del professore e doveva averla lasciata su una panchina, o sul bordo della fontana, o sul muretto in fondo al viale. Cercarla ora, però, vuol dire mettersi a girare sotto il sole e farsi sciogliere il trucco. Se almeno ci fosse quella sciagurata di Rosa! Ma, a proposito, dove cazzo è andata a finire Rosa?

Lo sa solo Dio quello che gli costa il trucco, a lui, ogni mattina! Praticamente tre ore di sonno in meno, e purtroppo più passano gli anni, più aumenta il martirio. È arrivato al punto che, una volta truccato, si sente come una mummia egiziana, imbalsamata all'interno di una maschera di cerone. Letizia, la truccatrice, la mattina non lo trucca, lo scolpisce! Questo per non parlare dei tiranti. Chi non ha mai provato i tiranti non può capire. E già perché i truccatori, per stendere la pelle agli attori, utilizzano i loro stessi capelli, per poi ricoprirli con parrucche o capelli finti. Prima ti fanno delle belle treccine e poi te le tirano all'improvviso, con uno strattone, ai limiti dell'urlo, in modo che la pelle si stenda al massimo. Ebbene, a forza di farsi fare i tiranti tutte le mattine, gli sono venuti gli occhi come i cinesi! Insomma, i tiranti tirano, e quando tirano non solo t'impediscono di recitare, ma anche di pensare, di ricordare le battute e di fare qualsiasi altra cosa in modo naturale: niente più, quindi, espressioni facciali, niente più alzate sopracciliari e soprattutto niente risate prorompenti. Le lacrime, poi, gli sono addirittura proibite. E pensare che le emozioni forti erano sempre state la sua specialità! Piangi, diceva il regista, e lui piangeva. Ridi, e lui rideva. Ridi sgangheratamente, e lui rideva sgangheratamente. Dispèrati, e lui singhiozzava come una prefica, straziandosi il viso con le unghie. Adesso che vuoi straziare? Se solo prova a toccarsi lascia impronte profonde come i canyon dell'Arizona! La settimana scorsa, per aver baciato con troppa foga un'ammiratrice, una delle sue ciglia finte si era staccata ed era andata ad appiccicarsi sulla fronte di quella disgraziata. Se n'era accorta Rosa. Ma, a proposito, dove cazzo è andata a finire Rosa?

Per di più, come si è già detto, il personaggio di Alfredo ha meno di trent'anni e lui ne ha quasi il doppio. Un giorno un truccatore gli ha rivelato che per ogni dieci anni da togliere c'è un'ora di trucco da sopportare. E dal momento che nella *Traviata* gli anni da togliere sono ventotto, il conto è presto fatto: due ore e cinquanta minuti di tortura ogni mattina. Forse, non avrebbe dovuto accettare il ruolo di Alfredo. Ma come si fa a rifiutare un ruolo da protagonista in un periodo di crisi come quello che sta attraversando il cinema italiano? Eppure, non è tanto la differenza d'età a farlo soffrire, quanto il fatto che quello che stanno girando non è un film vero e proprio, destinato alle sale cinematografiche, bensì uno sceneggiato televisivo. Come dire un fumettone della peggior specie, e per di più diretto da un regista che di cinema non capisce un accidente. Ora lui, non lo dimentichiamo, è sempre Alberto Sanna, ovvero un attore di prim'ordine, uno che ha ricevuto un Nastro d'Argento direttamente dalle mani di Fellini. Quel giorno Rosa aveva pianto ininterrottamente durante tutta la cerimonia. Ma, a proposito, dove cazzo è andata a finire Rosa?

L'idea del produttore, comunque, non è da buttar via: cosa c'è di più commovente della *Traviata*? Nulla. Si può dire che all'estero siamo conosciuti solo per melodrammi come quello, oltre, ovviamente, per la pizza, per le canzoni napoletane e la mafia. Perché allora non sfruttare la *Traviata* in tivù? Sì, obietterà qualcuno, però, ogni volta che la Rai ha provato a mandare in onda un'opera, l'audience è scesa sotto i livelli minimi. E per forza: i dialoghi della lirica per gli spettatori televisivi sono incomprensibili, specialmente le battute dei soprano che in alcuni casi possono assomigliare a strepiti di galline spennate. E allora ecco l'idea: i pezzi più belli, quelli famosi, come *Amami Alfredo* o *Di Provenza il mare, il suol*, si lasciano così come sono, le battute tra un'aria e l'altra vengono affidate agli attori. A questo punto, però, s'impone una scelta: è meglio far cantare gli attori, sfruttando il playback, o provare a far recitare i cantanti? Il produttore ha optato per la prima soluzione e a essere sinceri ha avuto ragione: nel cinema anche l'occhio vuole la sua parte. Una Violetta malata di tisi deve essere esangue, diafana, non può pesare ottanta chili come la maggior parte dei soprano in Italia. E come è possibile far credere agli spettatori che Luciano Pavarotti ha perso l'appetito per amore di Violetta? Meglio ricorrere a un attore cinematografico, che se non altro ha il fisico giusto, e farlo cantare con il playback. Solo che lui quel dannato playback non lo sa fare, e non per colpa sua, sia chiaro, ma perché i dialoghi di quello stramaledetto Francesco Maria Piave non sono italiani. Gesù, Gesù, ma come si fa a dire a una fanciulla: «*Un dì, felice, eterea, mi balenaste innante, e da quel dì tremante vissi d'ignoto amor*»? Chi avrebbe mai il coraggio di dire alla donna amata «*mi balenaste innante*»? Comunque sia, anche se non c'entra niente, dove cazzo è andata a finire Rosa?

Per giunta, tra non molto, lo dovrebbero chiamare per la scena col padre, una delle più difficili di tutto il copione. Maurice Leblanc, l'attore che interpreta il ruolo di Germont, è il tipico attore francese, antipatico e presuntuoso. Si crede chissà chi, e invece è solo un cagnaccio della peggior specie. Figuriamoci oggi, che ha la parte principale! «*Tu non sai quanto soffrì il tuo vecchio genitor!*» E tu non sai quanto soffro io quando ti vedo, vorrebbe rispondergli. Come se non bastasse, poi, Rosa è sparita: non che Rosa gli serva chissà a che, ma quel rito, chiamiamolo così, che lui fa ogni mattina, un attimo prima di entrare in scena, gli è oramai diventato indispensabile. Sissignore, lo ammette, è superstizioso: prima di cominciare a lavorare ha bisogno di toccare il culo di Rosa. Perché? Vallo a capire: nemmeno lui è più in grado di fornire una spiegazione; diciamo che il culo di Rosa gli infonde una specie di pace interiore e, cosa da non sottovalutare, non gli fa dimenticare le battute. E poi, alla fin fine, chi è senza peccato scagli la prima pietra. Non c'è attore che non abbia le sue piccole manie: c'è quello che si infila la scarpa destra prima della sinistra, quello che non passa mai sotto il dolly, quello che è solito toccare corni, amuleti, gobbe, genitali, e chi più ne ha più ne metta. Ecco, per lui il culo di Rosa è una specie di gobba: porta bene. D'altra parte Rosa è o non è la sua sarta personale? Deve o non deve esaudire ogni suo desiderio? Perché meravigliarsi, allora, se tra questi doveri è compreso anche quello di farsi toccare il culo? E poi diciamola tutta: Rosa è consenziente. Ogni volta che lui è di scena, è lei stessa a voltarsi e a protendere il didietro per facilitargli la toccata. Già, ma intanto, dove cazzo è andata a finire Rosa?

IV
Alla ricerca di Margherita

Rosa è sul metrò, diretta in rue d'Antin numero 9. Sanna dovrebbe saperlo benissimo, dal momento che è stato lui a darle il permesso; solo che, quando lei parla, lui non la ascolta e adesso, magari, la starà pure cercando per terra e per mare.

Sissignore, è andata in centro in metrò. Perché? Perché ha letto *La Signora delle Camelie* e muore dalla voglia di vedere di persona come è fatta la casa dove è vissuta centocinquanta anni fa quando faceva la cortigiana e si chiamava Margherita Gautier. Ha portato con sé il romanzo di Dumas, una piantina di Parigi, una del metrò e un vocabolarietto italiano-francese per chiedere informazioni ai passanti.

Come farà a riconoscere le strade? È presto detto: userà il cuore come bussola. Solo così, infatti, riuscirà a trovare la bottega della signora Barjon, la fioraia dove lei, ogni giorno, era solita comprare le camelie, e poi il negozio di Susse in piazza della Borsa dove per la prima volta si vide con Armando, e le terme di Bagnères dove era andata a passare le acque, e, perché no, anche il cimitero di Montmartre dove, a detta di Dumas, venne sepolta il 22 febbraio del 1847.

Prima di decidersi, come sappiamo, ha letto e riletto il romanzo dalla prima all'ultima riga e, non contenta di aver sottolineato in rosso i passi più struggenti, se li è anche trascritti in un quadernetto dalla copertina nera. Ora, sul metrò, se li rilegge di continuo, come se stesse per sostenere un esame. Fra quei passi, le più belle frasi d'amore che Armando Duval ha dedicato a Margherita. Che differenza con il modo di parlare di oggi! Quale abisso di sentimenti! Il suo Alberto, tanto per fare un esempio, è grossolano, maschilista, non ha rispetto per niente e per nessuno, e tanto meno per le donne. Basta vedere come tratta quella poveraccia della moglie. In pratica, come una serva, anzi peggio, perché se tratti così una serva, dopo cinque minuti quella ti pianta e se ne va. E poi, proprio lei: così fine, così delicata. Purtroppo, sospira Rosa, è stato l'ambiente del cinema a renderlo volgare: una volta non era così. Giorni fa, a una ragazzina francese che lo guardava incantata, aveva detto: «*A moré: me te 'ngropperei facile facile!*».

Ebbene, Armando Duval una frase come questa non l'avrebbe mai pronunziata. La sua vena era sempre romantica, il suo vocabolario sempre traboccante di espressioni poetiche, anche quando veniva sopraffatto dall'ira. Rosa apre il quadernetto e legge a bassa voce:

Darei dieci anni della mia vita per un'ora di pianto ai tuoi piedi.

Se mi avessero detto: «Stasera quella donna sarà tua e domani ti uccideranno», avrei accettato. Ma se m'avessero detto: «Paga dieci luigi e ne diventerai l'amante», avrei rifiutato.

C'era in quella donna una specie di candore: s'intuiva in lei una verginità nel vizio.

L'ultima volta che la vidi sedeva là, allo stesso posto, e da allora aveva avuto ancora un amante. Altre labbra avevano premuto la sua bocca. Eppure le mie labbra cercavano le sue, e io sentivo di amarla, forse, di più di quanto non l'avessi mai amata.

E che dire poi della romanza che le canta alla fine del primo atto della *Traviata?*

Di quell'amor che è palpito
dell'Universo intero
misterioso, altero,
croce e delizia al cor.

«Dio mio,» sospira Rosa «perché non ci sono più uomini così, uomini generosi che sanno donare se stessi, senza pensare sempre al sesso, o al denaro, e senza dire: *"Me te 'ngropperei"?*»

Lei, che l'Universo fosse un unico, meraviglioso e gigantesco palpito d'amore, lo aveva sempre sospettato; altrimenti perché continuare a vivere, con tutte le sofferenze che la vita comporta, se non per la speranza di ricominciare tutto daccapo, con un altro amore e un altro palpito? *Croce e delizia al cor*, canta Alfredo nella *Traviata,* e non gli si può dare torto. Perfino Ascanio, che poi era quello che era, le aveva donato momenti di «delizia». Come dimenticare, infatti, le prime passeggiate in cabriolet, il primo bacio nel garage (mentre lo aiutava a cambiare una gomma) e il week-end a Baia Domizia, quando fecero l'amore sulla spiaggia, di notte, e lei si buscò la bronchite? Poi, certo, c'era stata tutta una serie di «croci», una dietro l'altra: l'assegno a vuoto con la firma falsa, il pignoramento dei mobili, la cugina da ospitare, che poi si rivelò essere una sua ex amante, e il famoso addio con il prosciugamento del libretto di risparmio. Non che Alberto, quanto a sensibilità, fosse molto diverso! Ma gli uomini si sa come sono: vogliono comandare e alle donne non resta che ubbidire. Eppure, malgrado tutto, è meglio fare la schiava di un venditore di auto usate, che vivere senza la speranza di un bacio.

La Signora delle Camelie è, per Rosa, il libro più bello che sia mai stato scritto nella storia della letteratura mondiale. D'accordo che di libri, lei, ne aveva letti pochi (anzi, uno solo: *Il bacio di una morta* di Carolina Invernizio), ma anche se li avesse letti tutti, quello rimarrebbe di sicuro il più bello e il più commovente. Il sacrificio di Margherita che, per salvare il matrimonio della sorella di Armando, «sì bella e pura», attira su di sé, deliberatamente, il disprezzo dell'amato bene, come unico mezzo per farsi lasciare, è un testo, a suo giudizio, davvero eroico. Solo Gesù, Salvo D'Acquisto e pochi altri erano riusciti a fare di meglio.

Di quell'amor che è palpito dell'Universo intero, canticchia ancora e si stringe al cuore il quadernetto nero. Ma ecco Palais Royal, la stazione del metrò dove deve scendere per cambiare linea. Per poco, distratta dalle frasi di Armando, non perde la coincidenza: si alza di scatto e scende quasi contemporaneamente alla chiusura delle porte. E pensare che Mario gliel'aveva tanto raccomandato: «*A Ro' me raccomanno: nun te perde' Palais Royal, che poi diventa tutto facile facile come quanno stai a la Stazione Termini e devi cambià linea p'annà all'Eur. A quer punto basta che prenni 'a direction Fort d'Aubervilliers e che scenni dopo tre fermate: quella è Chaussée d'Antin, nun te poi sbajà*».

Facile a dirsi, più difficile a farsi. Nella stazione di Palais Royal la sarta va completamente nel pallone: tra corridoi, sottopassaggi e scale mobili, fiumane d'impiegati che spingono e suonatori ambulanti che chiedono un franco, si confonde del tutto e invece d'imboccare la *direction* Fort d'Aubervilliers prende quella Mairie d'Ivry, finendo dalla parte opposta di Parigi. Insomma, un disastro! Prima di raccapezzarsi e di arrivare alla tanto sospirata Chaussée d'Antin, perde mezza mattinata. E dire che era facile: figuriamoci se fosse stato difficile!

A Dio piacendo, comunque, eccola un'ora dopo in rue Chaussée d'Antin. La targa parla chiaro: bianco su blu, come tutte le targhe di Parigi. Il cuore comincia a batterle forte. Ora si tratta di trovare il numero 9. Non lo trova subito perché è situato nel secondo tratto di strada, quello che dal boulevard Haussmann va verso boulevard des Capucines. Rosa attraversa l'ampia carreggiata e va incontro alla sua Prima Delusione: il numero 9 non corrisponde a un palazzo per civili abitazioni ma a una banca, per la precisione alla Banca Commerciale Italiana, e di fronte, proprio lì dove il gelosissimo Armando si nascondeva per scrutare i suoi movimenti notturni, si erge un'altra banca, quella Francese per il Commercio con l'Estero. E pensare che lei ha comprato pure le camelie perché si era immaginata un portoncino romantico e un cortile pieno di verde! Beh, dopotutto, perché meravigliarsi? Il mondo cambia e sarebbe stato fin troppo strano se tutto fosse rimasto inalterato, come ai bei tempi di Dumas.

Intanto si è fatta ora di pranzo, Rosa pensa di fermarsi a mangiare in uno dei tanti bistrot che rallegrano i boulevard. L'ideale sarebbe sedersi proprio in uno dei locali frequentati dalla Signora delle Camelie. Dumas nel suo libro ne cita quattro: il Café Anglais, con dirimpetto la Maison Dorée, quindi il Tortoni e il Café de Paris. Ma come trovarli? I nomi, ovviamente, non sono più quelli. L'unico riferimento possibile è quello del Café Anglais in boulevard des Italiens al numero 17, ma anche lì trova una banca: il Credito Lionese. In compenso ci sono caffè e ristoranti sparsi un po' dovunque. Rosa ne sceglie uno a caso, Le Grand Café des Capucines, giusto all'angolo della Chaussée d'Antin, e non fa in tempo a entrarci che resta folgorata dall'arredamento: mai visto un luogo più ricco e più luccicante di oggetti dorati!

Le Grand Café des Capucines è il trionfo del liberty, anzi, diciamolo pure: i quadri alle pareti, i lampadari, i tavolini, i mosaici, non c'è un centimetro quadro che non grondi liberty! Secondo Rosa, Margherita Gautier doveva averlo frequentato di sicuro: quello era il suo stile, il suo modo spumeggiante di affrontare la vita! E poi tutti quegli specchi, quelle luci, quelle vetrate, quelle donne dipinte, circondate da fiori, che sembra le stiano dicendo: «Vieni, vieni con noi, questo è il tuo mondo: solo qui puoi essere amata!». Rosa si lascia cadere su una sedia e chiude gli occhi: immagina la Signora delle Camelie che entra ridendo tra uno stuolo di corteggiatori: tutti la vogliono, tutti le chiedono qualcosa.

«*Marguerite, mon amour!*» esclama un marchese (ovviamente bello e ricchissimo), per poi sussurrarle alcune paroline all'orecchio.

«Mi spiace, marchese,» risponde lei, sempre carina e sorridente «ma questa sera sono già impegnata con il barone.»

«O divina, quanto mi fa soffrire! Mi lasci almeno una speranza per domani.»

«Domani, veramente, ho già Toulouse-Lautrec che mi viene a fare il ritratto.»

«Toulouse-Lautrec? Ma non era impegnato con Giuseppina Beauharnais?»

«Sì, ma ha disdetto l'impegno per venire da me.»

Rosa sogna a occhi aperti e senza troppo badare alla Storia e ai dati anagrafici: confonde il Primo Impero con il Secondo, l'impressionismo con il liberty. L'unica cosa che sa di certo è che i tempi andati erano più belli di quelli moderni, almeno per lei. E poi, quando si sogna, perché mai ci si dovrebbe attenere alla Storia? Solo per non urtare gli storici? Ma se a una donna fa piacere immaginare se stessa contesa tra Fidia e Leonardo da Vinci, perché impedirglielo?

«*Qu'aimeriez-vous, madame?*»

La sognatrice, per un attimo, pensa che la voce appartenga a uno dei suoi tanti corteggiatori, quando si rende conto che, invece, è quella di un cameriere del Grand Café. Lì per lì non sa cosa rispondere: prima arrossisce, poi farfuglia un incomprensibile *excusez-moi*, quindi tira fuori dalla borsa il suo piccolo Berlitz italiano-francese e si mette a cercare la pagina intitolata «Al ristorante».

«La signora è italiana?» chiede il cameriere che già ha sbirciato il vocabolarietto. Poi aggiunge: «Anch'io sono italiano, sono di Ravello».

«Oh, grazie a Dio!» esclama Rosa e quasi quasi vorrebbe abbracciarlo. «Purtroppo non parlo francese, nemmeno una parola.»

«Cosa vorrebbe mangiare?»

«Non lo so... mi piacerebbe un'insalata mista, molto ricca, insomma una cosa fresca... non pesante. Che so io: un'insalata con carote, mais, magari anche con qualche pezzettino d'ananas...»

«Una *salade exotique*?»

«Sì, sì... una cosa *exotique.*»

«È a Parigi per turismo?»

«No, per lavoro. Sono qui per un sopralluogo. Lei conosce Alberto Sanna? L'attore? Io sono la sua sarta personale. Stiamo girando uno sceneggiato televisivo sulla *Traviata*. Lei, per caso, sa se la Signora delle Camelie veniva spesso in questo ristorante?»

«Io, veramente,» risponde il cameriere «sono qui solo da un anno.»

«Ah, ho capito... quindi non mi sa dire niente su rue d'Antin...»

«In che senso?»

«Nel senso che quella lì... rue d'Antin, dove sono appena stata...» E così dicendo la indica: «Era la strada dove, nel secolo scorso, viveva la famosa Margherita Gautier, la Signora delle Camelie».

«Ma quella» risponde con cortesia il cameriere «non è rue d'Antin, è rue Chaussée d'Antin.»

«Non è rue d'Antin?»

«No, *madame*, rue d'Antin è una stradina non molto lontana da qui. Se vuole, può andarci anche a piedi: basta che prenda rue Le Grand e subito dopo rue de Port Mahon.»

Insomma, tutto da rifare! In compenso, però, è anche lieta di ricominciare da capo: a lei quella Banca Commerciale Italiana, diciamo la verità, non era andata proprio giù. Come è possibile, si era chiesta, che una casa abitata da una creatura tenera come Margherita possa essere diventata tutto ad un tratto una banca? D'accordo che i tempi sono cambiati e che adesso tutti pensano ai soldi, ma una cosa è trovarsi di fronte a un portoncino di noce con le maniglie di ottone, e un'altra davanti a una banca con i poliziotti in divisa!

Così ragionando, dopo cinque minuti è in rue d'Antin. Non è rimasta neanche un minuto di più al Grand Café des Capucines; si è scusata col cameriere, ma non ce l'ha proprio fatta ad aspettare l'insalata esotica: la sua casa, la sua mitica rue d'Antin è lì che l'aspetta. Rosa ci arriva di corsa e si becca la Seconda Delusione: al numero 9 niente portone o portoncino che dir si voglia, ma solo un'agenzia viaggi, una volgarissima quanto anonima agenzia viaggi! La poverina si affaccia all'interno; vede un'impiegata che le sorride e vorrebbe chiederle se per caso ha mai sentito parlare di Margherita Gautier, poi si rende conto che la domanda è ridicola ed esce. S'incammina, un po' delusa, verso il numero 7, il palazzetto dove abitava la sua amica Prudence, e, tanto per cambiare, ci trova una banca.

Mestamente, allora, si avvia verso un bistrot che scorge in fondo alla strada. Si chiama Le Saint Amour, Il Santo Amore, ed è un ristorante a due piani. Sale al piano superiore e si siede in un balconcino dal quale è possibile vedere tutta rue d'Antin, compreso il numero 9. Mentre attende il cameriere, lascia cadere nel vuoto i petali delle camelie, proprio come fa Margherita Gautier nel settimo capitolo.

V
Il nido d'amore

La *recherche*, per dirla alla francese, continua. Rosa ha deciso di andare a Bougival, il paesino dove Margherita e Armando si rifugiarono per staccarsi dalla vita tumultuosa della capitale. Questa volta, però, per non correre il rischio di perdersi, la sarta si fa accompagnare da Barbara, una ragazza di Civitanova Marche che divide con lei la stanza d'albergo a Neuilly e che nello sceneggiato televisivo ha la parte di Annine, la cameriera di Violetta.

A proposito di Annine, l'aver scelto un'attrice ventenne aveva fatto spettegolare tutte le malelingue della troupe; in qualsiasi *Traviata* che si rispetti, infatti, la parte di Annine è affidata a persone di mezza età, grasse e un po' goffe, tipo balia, tanto per intenderci, e di Barbara tutto si poteva dire tranne che fosse grassa e goffa; era, invece, una bella ragazzotta dei nostri giorni, alta e sensuale, più sensuale, certo, della stessa Violetta. Fosse stata brava come attrice, lo si sarebbe potuto capire; si dà il fatto, invece, che fosse alla sua prima esperienza cinematografica. Di qui i pettegolezzi su una presunta relazione con il cavalier Marchetti, il produttore dello sceneggiato. E, per colpa di Barbara, c'era stata una feroce litigata tra Marchetti e il professor Gaslini che, fedele alla versione letteraria, pretendeva un'attrice quanto meno cinquantenne. Si sa poi come vanno a finire queste cose: decide sempre chi tira fuori i soldi, ragion per cui alla fine Violetta si ritrovò accanto una servetta sexy, allegra di carattere e forse anche di costumi.

«Tu, figlia mia, sei troppo esuberante,» era solita dirle Rosa in tono materno «d'accordo che ti sei dovuta arruffianare il produttore, ma almeno quelli della troupe lasciali in pace!»

«Ma che faccio di male?» protestava lei.

«Che fai di male? *Picceré,* lo so io quello che fai di male. Qua la sera il telefono squilla che sembra il centralino dell'albergo. Ora, una ragione ci deve pure essere se cercano sempre a te e mai a me. E allora, sai che ti dico? *Statti accorta,* che qua, se se ne accorge il cavalier Marchetti, tu finisci di nuovo in mezzo a una strada, con una mano davanti e un'altra dietro!»

Bougival è appena fuori Parigi; volendo ci si può arrivare anche in metrò, ma Rosa è rimasta troppo scottata dall'esperienza della scorsa settimana e decide di prendere un taxi. E poi è sabato, la giornata è splendida, davvero primaverile, e lei, una volta tanto, vuol vedere come è fatta Parigi di sopra. Pazienza se la passeggiata le costerà qualche centinaio di franchi: i soldi, alla fin fine, servono anche a essere spesi, e quando si spendono con piacere non ci si pente mai.

«*Je vous dépose où?*» le chiede il tassista dopo una buona mezz'oretta di viaggio.

«Che ha detto?»

«Vuol sapere dove vuoi andare» traduce Barbara che, prima di darsi al cinema, aveva studiato lingue.

«A Bougival» risponde Rosa.

«*À Bougival nous y sommes, quelle rue cherchez vous au juste?*»

«Ha detto che già siamo a Bougival,» chiarisce Barbara «ora vuol sapere il punto preciso.»

«Dove il fiume fa la curva» è la risposta quanto mai insicura della sarta.

Il riferimento è così vago che il tassista, dopo un breve girovagare, si ferma giusto a metà di un ponte. Che se la trovino da sole la curva, sembra voler dire, lui non è abituato a fare le cacce al tesoro... è una persona seria lui, è un tassista di Parigi!

Rosa, a ogni modo, non si avvilisce per così poco: prende la bibbia dalla borsetta, ovvero *La Signora delle Camelie*, e si mette a leggere il capitolo XVI ad alta voce, quello dove Dumas descrive l'arrivo dei due amanti:

Scendemmo dalla vedova Arnoud. Dal giardino, che è all'altezza di un primo piano ordinario, si gode una vista incantevole. A sinistra l'acquedotto di Marly chiude l'orizzonte, a destra la vista si estende su colline e colline, e il fiume, quasi senza corrente in quel punto, si snoda come un largo nastro bianco cangiante, fra la pianura di Gabillons e l'isola di Croissy, eternamente cullata dal fremito dei suoi alti pioppi e dal murmure dei salici...

«Io, qui, di salici non ne vedo» obietta Barbara che, detto fra noi, si è già pentita di aver sacrificato il suo sabato per accompagnare Rosa.

«Saranno morti, però le colline ci sono, e c'è anche il fiume che fa una curva e *si snoda come un largo nastro bian-*

co cangiante» insiste Rosa, più convinta che mai che quello sia il punto giusto. Poi, per dare ancora più credito alla sua tesi, aggiunge: «Guarda come ristagna l'acqua!».

«Tu dici che ristagna?» dubita Barbara. «A me, invece, pare che corra.»

«Questo dipende dai giorni: quando c'è la piena, corre, quando non c'è, ristagna. Evidentemente, quel giorno di Dumas non c'era la piena.»

«Sarà.»

«Adesso, però, andiamoci a posizionare come dice il romanzo, con le colline a destra e l'acquedotto a sinistra, e vediamo che si vede.»

«E dov'è l'acquedotto?» chiede la ragazza, guardandosi intorno, ma Rosa non risponde: finisce di percorrere il ponte, per poi scendere lungo un pendio.

Le due donne si fermano a due passi dall'acqua, ma si accorgono di essere scese troppo in basso per poter vedere le case del versante opposto. Non riescono a scorgere altro, infatti, che la fitta vegetazione che corre lungo tutto il fiume. A quel punto, decidono di risalire in cima al pendio, e da lì, arrampicandosi su un muretto, intravedono una serie di costruzioni affiancate.

«Una di quelle» sospira Rosa «dovrebbe essere il loro nido d'amore!»

«Sì, ma quale?»

«Bisognerebbe chiedere a quelli del posto.»

«E che cosa chiedi?» ribatte con un sorrisino ironico Barbara. «Scusate, sapete dov'è il nido d'amore?»

«No di certo,» risponde Rosa «però posso chiedere se conoscono gli eredi della vedova Arnoud.»

«Chi è la vedova Arnoud?»

«Era la loro padrona di casa.»

Barbara aguzza la vista e al di sopra della vegetazione scorge una casetta bianca che spicca fra le altre: è una trattoria. Ne legge l'insegna: Le Camélia.

A sentire quel nome, Rosa lancia un urlo e balza giù dal muretto: «Le Camélia! Eccolo, il nido d'amore!». La poverina si mette a correre tutta eccitata lungo il ponte. Barbara la segue a una certa distanza, affrettando il passo quel tanto che basta per non perderla di vista. Dopo qualche minuto sono tutte e due davanti a un ristorante: il locale è chiuso e, a quanto dice un cartello appeso alla porta, non aprirà prima delle diciannove e trenta.

«Che facciamo?» chiede Rosa, ancora in affanno per la corsa. «Aspettiamo?»

«Non vorrai mica stare qui fino a stasera?» protesta Barbara.

«No, però potremmo chiedere informazioni alle persone del posto.»

«Quali informazioni?»

«Per esempio, perché si chiama Le Camélia?» risponde Rosa.

Quindi, quasi a volersi giustificare: «Ci sarà pure un motivo se l'hanno chiamato così!».

Barbara non risponde: è stanca, distrutta, ha fame, vuole sedersi. A questo punto si accorge che anche il locale accanto è un ristorante. Si chiama Le Bistrot du Quai e, Dio sia lodato, questo è aperto.

«È quasi l'una: potremmo fermarci a mangiare.»

«Per me va bene,» risponde Rosa «così chiederò notizie al cameriere.»

Stavolta, però, il *garçon* non è italiano; non solo, ma nemmeno lui ha mai sentito parlare di Marguerite Gautier e dei suoi nidi d'amore.

«*Pourquoi on a appelé ce bistrot Le Camélia?*» chiede Barbara.

«*Parce que c'est comme ça*» risponde il cameriere, meravigliandosi che qualcuno possa rivolgergli una domanda così stupida.

«Sa dove abitano i signori Arnoud?» incalza Rosa.

«*Est-ce que vous savez où habitent madame et monsieur Arnoud?*» traduce Barbara.

«*Lesquels? Là, presque tout le monde s'appelle Arnoud.*»

«Permettete?» s'intromette il giovanotto del tavolo accanto, alzandosi in piedi e avvicinandosi alle due donne. «Mi chiamo Valerio Zanetti, sono un dirigente della Righini Profilati Plastici, sono di Bologna e abito qui a Bougival.»

«Oh, che combinazione!» esclama Barbara con molta cordialità. «Io sono Barbara e lei è la mia amica Rosa.»

«Piacere» le fa eco Zanetti, accennando appena a un inchino. «Involontariamente ho sentito i vostri discorsi: ebbene, non ci crederete, ma i miei padroni di casa sono proprio quegli Arnoud che state cercando voi. Abitiamo a due passi da qui, io al primo piano e loro al secondo.»

«Oh, grazie,» precisa Rosa, un pochino diffidente verso il nuovo venuto «ma la vedova Arnoud che noi stiamo cercando è una donna vissuta centocinquant'anni fa, ai tempi di Alessandro Dumas figlio.»

«E di sicuro sarà la bisnonna o la trisavola dei miei padroni di casa. Ragione per cui vi chiedo: perché, subito dopo pranzo, non andiamo a trovarli?» E così dicendo, unisce i due tavoli e si siede accanto a Barbara. «Chissà che non abbiano oggetti o lettere che vi possano servire?»

L'umore di Barbara a questo punto cambia di colpo: un attimo prima si dichiarava stremata dalla fatica, ora invece sprizza vitalità da tutti i pori. Evidentemente il dirigente della Righini Profilati Plastici è di suo gusto. Rosa, al contrario, non è affatto entusiasta: diffida degli emiliani e in particolare dei bolognesi, li ha sempre giudicati troppo sfrontati, troppo playboy! Tuttavia, nell'interesse della ricerca, vuole capire fino a che punto il nuovo venuto sia affidabile e riporta il discorso sulla Signora delle Camelie.

«Lei ha mai sentito i suoi padroni di casa parlare di Margherita Gautier?»

«Molto spesso» risponde imperterrito Zanetti. «Margherita veniva sempre al ristorante Le Camélia.»

«Con Armando?»

«Sì, con Armando Gautier.»

«Veramente Armando non si chiamava Gautier, ma Duval.»

«Questo è ovvio,» risponde prontissimo il giovanotto «ma la mia padrona di casa, chissà perché, lo ha sempre chiamato Gautier... magari per affetto... o per sottolineare il fatto che lo sapeva innamorato di Margherita.»

«Senta,» ribatte seccamente Rosa, sentendosi presa in giro «io adesso non voglio litigare, ma a me sembra che lei si stia inventando tutto, dalla prima all'ultima parola!»

«Ma che ne vuoi sapere tu?» la rimbecca Barbara. «Se Valerio dice che i signori Arnoud lo chiamano Gautier, vuol dire che lo chiamano Gautier. E poi, a te che te ne frega di come lo chiamano? Se non credi a Valerio, va' da loro e chiediglielo tu stessa!»

Zanetti tace, paga il conto anche per le due donne, benché Rosa faccia di tutto per impedirglielo. Lei ormai ha già capito con chi ha a che fare: quello è il classico tipo da spiaggia, non ha mai letto *La Signora delle Camelie*, ha solo adocchiato Barbara e ora se la vuole rimorchiare. Ha fatto, però, i conti senza l'oste, ovvero senza di lei. Che crede, che sia facile come per i conti del bistrot? Appena riuscirà a parlare a quattr'occhi con quella cretina, la metterà in guardia da quel playboy da strapazzo.

Il terzetto si avvia verso la casa della vedova Arnoud, con il bellimbusto che non sta zitto un minuto: a sentire lui in casa Arnoud non si parla d'altro che di Margherita Gautier. Fra una chiacchiera e l'altra il tempo passa e la strada si fa sempre più lunga: la casa non è affatto a due passi come lui aveva assicurato, e inoltre sulle scritte del citofono non compare nessun Arnoud. Siamo di fronte, insomma, a un palese tentativo di raggiro, condotto anche maluccio, in verità. A questo punto, pensa Rosa, un saluto e via: il tempo di chiamare un taxi e si torna a Neuilly.

«Dove sono questi Arnoud?» chiede subito, appena messo piede nell'anticamera di casa Zanetti.

«Temo che in questo momento siano usciti. Non dovrebbero, però, tardare molto» cerca di rassicurarla il titolare della Righini Profilati Plastici.

«Va bene, grazie lo stesso,» lo interrompe Rosa «noi adesso, però, dobbiamo andare: siamo attese a Parigi.»

«Avete mai provato il Napoléon?» chiede lo Zanetti, mostrando una bottiglia di cognac tutta impolverata.

«No, che cos'è?» risponde Barbara.

«È il miglior cognac di Francia. È anche chiamato "nettare dell'amore": ne basta un sorso, bevuto guancia a guancia, per innamorarsi di colpo e per tutta la vita.»

«Io non credo a queste cose» replica Rosa, più gelida che mai. «E poi non penso che ci siano i presupposti...»

«Ma proprio per questo bisogna berlo.»

Barbara non si fa pregare: si beve non uno, ma due

bicchierini di Napoléon, tutti di un fiato e sempre guancia a guancia con il nuovo amico, senza curarsi, peraltro, delle occhiatacce di Rosa.

«Signorina Rosa,» dice Zanetti «perché non va sul terrazzino? Potrà vedere la Senna e da lontano, se è fortunata, anche la Torre Eiffel.»

Rosa esce sul terrazzino e si rende subito conto che da lì non si vede assolutamente nulla, né la Senna, né la Torre Eiffel. Niente a che vedere, quindi, col *Point-du-jour* di cui parla Dumas. Sta per tornare indietro, quando dal riflesso del vetro della finestra si accorge che i due si stanno baciando.

«Che zoccola!» non può fare a meno di esclamare. «E adesso che faccio? Aspetto? Entro? Li prendo a male parole a tutti e due?»

Poi, giustamente, sceglie la via diplomatica: dà un urtone alla finestra, tanto per farsi sentire, e come se nulla fosse dice a Barbara: «Barbaré, figlia mia, tu lo sai che abbiamo una riunione alle cinque. Qua si è fatto tardi: salutiamo il "signore" e chiamiamo un taxi».

«Provvedo subito io» risponde Zanetti, più zelante che mai.

Barbara non dice nulla: sorride. Poi, mentre il corteggiatore è al telefono, si avvicina a Rosa e le sussurra: «Rosetta mia, fammi un piacere: comincia ad andare tu. Io ti raggiungo più tardi. Mi farò accompagnare da Valerio, con la macchina. Non stare in pensiero però, e mi raccomando: non dire niente a nessuno, che quelli della troupe lo sai come sono pettegoli!».

«E se mi chiedono di te?»

«Di' che sono andata per conto tuo a fare un sopralluogo, e che ho trovato il nido d'amore.»

VI
Il professore

Il professor Gaslini, già lo abbiamo accennato, con i cinematografari non vorrebbe proprio averci a che fare: la sua avversione per loro rasenta quasi lo schifo. Quelli della televisione, poi, gli sembrano perfino peggiori. Almeno dal mondo del cinema, di tanto in tanto, viene fuori qualche genio, da quello della televisione, invece, proprio un bel nulla, solo «i consigli per gli acquisti».

Il produttore, dal canto suo, avendo bisogno di un esperto dell'Ottocento francese, lo ha ingaggiato come consulente, e lui, poverino, si aggira sul set come un'anima in pena, senza mai sapere dove può stare, e senza mai capire quando può o non può intervenire, con il risultato di finire immancabilmente in «campo», ovvero giusto al centro di una scena che si sta girando.

Il regista nutre per lui un'ovvia diffidenza, avendolo visto, fin dal primo giorno, più come un freno alla propria creatività che non come un collaboratore di cui potersi avvalere. Ogni volta che lo vede arrivare sul set, con quell'aria cupa da intellettuale incompreso, non può fare a meno di mugugnare: «Tutti soldi buttati!».

Lo scherzo organizzato alle spalle della sarta, al professore non piace nemmeno un po'; in un primo momento aveva pensato di restarne fuori, ora però, accorgendosi che tutta la troupe continua a prenderla in giro, chiamandola Margherita Gautier, o peggio ancora Sarta delle Camelie, e schiantandosi dal ridere al solo vederla arrivare, qualcosa in lui si ribella. Non gli sembra giusto prendersi gioco, fino a tal punto, di una sventurata! E così un giorno, durante l'ora di pausa, la chiama in disparte e cerca di metterla sull'avviso: «Senta signorina, mi scusi l'intromissione, ma ho il dovere d'informarla che lei, giorni or sono, è stata oggetto di uno scherzo di pessimo gusto. Le hanno fatto credere di essere...».

«Vuol dire la seduta spiritica?» lo interrompe Rosa. «So già tutto, e so anche che non si è trattato di uno scherzo.»

«Guardi che io stesso ero presente al momento in cui fu progettato lo scherzo. Quell'attrezzista, come si chiama? Mario? Insieme a un suo collega, se non sbaglio il ciacchista, quello biondo, combinarono tutto. Pensi che ebbero perfino la sfacciataggine di propormi di partecipare!»

«Sì, lo so,» lo rassicura Rosa «e io vidi pure lo scenografo mentre prendeva dal magazzino Effetti Speciali il teschio e la civetta impagliata.»

«Non solo, ma anche la medium non era una medium,» aggiunge il professore, felice di non trovarla incredula, come temeva «bensì un'amica di Mario... una francese, una certa Henriette non so come.»

«E con questo?» reagisce Rosa, quasi in tono di sfida. «Non basta organizzare uno scherzo perché poi riesca. Specialmente quando per farlo riuscire è necessaria la partecipazione delle anime dei defunti.»

«Che vuol dire?»

«Che la sceneggiata a un certo punto è diventata realtà, e che l'anima di Armando Duval, invocata per scherzo, è arrivata davvero. E allora è successo che invece di svenire io, come tutti si aspettavano, è svenuta la medium, quella falsa, l'amica di Mario.»

«Non mi dica che crede a queste cose!»

«Certo che ci credo!»

«Alla reincarnazione?»

«Alla reincarnazione e a tante altre cose che non si possono toccare con le mani» ribatte Rosa, più convinta che mai del fatto suo.

«Senta, signorina... o signora?»

«Signorina.»

«Senta signorina,» ricomincia il professore, cercando di non perdere la pazienza «diciamo le cose come stanno: la reincarnazione è di per sé una tesi che non sta in piedi. Che senso ha, infatti, per un uomo, credere di essere stato duemila anni prima Giulio Cesare, se poi nella vita attuale non se lo ricorda affatto? L'esistenza può essere certificata solo dalla memoria, e se la memoria non ricorda non c'è nemmeno l'esistenza!»

«Allora lei non è mai stato un neonato.»

«In che senso?»

«Nel senso che non può ricordarsi di quando aveva un mese, o sei mesi, o un anno; e dal momento che non se lo ricorda, vuol dire che non è nato.»

«Ma che c'entra questo? Io sto parlando della coscienza dell'essere: ed è solo la coscienza dell'essere che può collegare due vite diverse.»

«Mi scusi, professore, ma io sono ignorante: ho fatto solo le magistrali e non so che cos'è la coscienza dell'essere. Ma so che a volte ho delle sensazioni che non riesco a spiegarmi: luoghi, mai visti prima, che all'improvviso mi sembrano familiari. Case sconosciute dove non faccio in tempo a entrare che già so dove sono tutte le stanze. Situazioni che, fin dal primo momento, so già come andranno a finire. Persone appena presentate che mi sembra di conoscere da sempre. E tanti altri episodi che ora non le sto a raccontare. Ebbene, come le vogliamo chiamare tutte queste sensazioni? Fantasie? Autosuggestione? Non lo so: faccia lei. Io, per quanto mi riguarda, continuo a credere alla reincarnazione.»

Il professor Gaslini, invece, non crede in nulla: è nemico di qualsiasi tipo di fede e di superstizione, e lo è a tal punto da diventare a sua volta un uomo di fede e di certezze. Si dichiara volterriano e odia il romanticismo tedesco, il decadentismo tedesco e l'esistenzialismo tedesco, ritenendoli l'origine di tutti i guai del mondo. Di tanto in tanto lo si sente borbottare: «Vi piace Nietzsche? E tenetevelo pure! Vi sono piaciuti Hegel, Fichte e Heidegger? E allora godetevi anche Hitler. Che colpa ne ho io se a nessuno piace Cartesio? Lo volete capire o no, che solo grazie a Cartesio potremo ritrovare la pace dell'animo?».

Ormai la troupe si è abituata a simili farneticazioni: lo considera un pazzo, però anche una brava persona, e lo tratta di conseguenza.

«Mi stia a sentire, professore,» torna alla carica Rosa, consapevole di dover affrontare una discussione niente affatto semplice e per di più con una persona molto più istruita di lei «io, fin dal primo giorno che ho cominciato a lavorare per questo sceneggiato, ho sentito dentro un qualcosa di strano, di diverso, un'angoscia che mi toglieva il respiro... Adesso magari non riesco a spiegarglielo bene, ma era come se una voce misteriosa mi sussurrasse di continuo: "Rosa, Rosa, non lasciare Alfredo. Non farti convincere dalla gente. Fregatene: pensa solo a te stessa. Bada che la vita è un'*affacciata di finestra*!". Poi, quando quei tre mariuoli si sono inventati la seduta spiritica per farmi credere di essere la reincarnazione di Violetta, o di Margherita Gautier, la chiami pure come vuole... tanto per me è lo stesso...»

«E allora, se permette, la chiamerei Alphonsine Plessis» la interrompe Gaslini, facendole perdere il filo.

«Come?»

«Alphonsine Plessis.»

«E chi è Alphonsine Plessis?»

«In verità sarebbe Marie Duplessis, alias Marguerite Gautier, alias Violetta Valéry...»

«... alias Rosa Grieco?»

«Se le fa piacere crederlo, si accomodi pure. Tanto non fa male a nessuno.»

«Ma mi dica, professore» chiede Rosa, improvvisamente interessata «chi era questa... come ha detto che si chiamava? Plessis o Duplessis?»

«Marie Duplessis, nome d'arte: Alphonsine Plessis.»

«E chi era?»

«Alessandro Dumas figlio, l'autore della *Signora delle Camelie*, ebbe una relazione con una prostituta di alto bordo chiamata appunto Alphonsine Plessis. Una storia durata meno di un anno, niente di che. Poi un bel giorno, ritornando da un viaggio, venne a sapere che la poverina era morta di tisi a soli ventitré anni e che tutti i suoi beni erano stati messi all'asta...»

«... in rue d'Antin numero 9.»

«Nemmeno per idea: in boulevard de la Madeleine numero 11.»

«E qui si sbaglia» precisa la sarta, che ormai sull'argomento è ferratissima. «Alessandro Dumas è stato molto preciso: la casa di città di Margherita Gautier era in rue d'Antin numero 9; il suo nido d'amore, invece, appena fuori Parigi, a Bougival, sulle rive della Senna. Io ci sono stata sabato scorso e ho trovato anche il ristorante dove andavano a mangiare... Le Camélia.»

«Se vuole alludere alla casa di campagna dove Alphonsine s'incontrava col giovane Dumas,» precisa il professore «non era a Bougival, ma a Saint-Germain-en-Laye e apparteneva allo stesso Dumas.»

«E che centra Dumas?! Lui è stato solo quello che ha raccontato la storia!»

«Senta, signorina Rosa,» le risponde alquanto infastidito il professore «io mi sto sforzando di farle capire, sempre per il suo bene sia chiaro, che né Violetta Valéry, né Margherita Gautier, sono mai esistite. E che nel migliore dei casi entrambe potrebbero essere la trasposizione letteraria di una prostituta, conosciuta carnalmente da Alessandro Dumas figlio e nota come Alphonsine Plessis, abitante in boulevard de la Madeleine al numero 11; morta e sepolta a Parigi. Se non mi crede, vada al cimitero di Montmartre e troverà la sua tomba ancora con le camelie fresche, messe lì, ogni giorno, da alcuni invasati come lei!»

«E io sto cercando di farle capire che a me del vero nome di Violetta non importa un fico secco! Che si chiamasse Margherita, Alphonsine o Maria, non fa alcuna differenza. L'unica cosa che a me importa è che fosse davvero innamorata di...»

«... di nessuno» completa, con pignolesca pedanteria, il professore. «Alphonsine Plessis non morì come racconta Verdi tra le braccia di Alfredo Germont, mentre lui cantava *Parigi, o cara,* e nemmeno tra quelle di Armando Duval o di Alessandro Dumas, bensì tra quelle più esperte del dottor Koreff, medico fascinoso della Parigi mondana, noto per la sua propensione a farsi pagare in natura.»

«Sì, però, che cosa dice Alessandro Dumas?» strilla la sarta, punta sul vivo.

«Senta, lei continua a chiamarlo Alessandro Dumas e la cosa a me dà fastidio! Lo chiami, per cortesia, Alessandro Dumas figlio, e non me lo confonda più col padre, che era tutt'altra persona!»

«Cosa dice Alessandro Dumas figlio?» insiste Rosa, frugando in un borsone strapieno delle più svariate cianfrusaglie.

«Che dice?» chiede il professore ormai spazientito.

«Glielo dico io che dice. Ecco: sta scritto tutto qua, nell'ultima pagina» risponde la sarta dopo aver tirato fuori dal borsone, uno dopo l'altro, un gomitolo di lana, una mela verde, un asciugacapelli, un'agenda in pelle, un pezzo di sceneggiatura, una scatoletta di mentine, un pacco di fazzoletti di carta e una copia sgualcitissima della *Signora delle Camelie*.

«Sono in trepida attesa» la incoraggia ironicamente il professore, mentre la sarta depone su un tavolo tutto il suo armamentario.

Rosa non si fa pregare; cambia tono di voce, per adeguarsi alla circostanza, e declama: «"Scrissi questa storia tale e quale a come mi fu raccontata. Essa non ha che un merito, quello di essere vera" e poi aggiunge: "e probabilmente me la contesteranno". E difatti: ecco qua che spunta fuori lei a contestarla!».

«Senta, signorina,» protesta il professore, dopo aver allontanato da sé il libro con la mano come se ne temesse la contaminazione «non mi parli mai più della *Signora delle Camelie*! È il peggior romanzo che sia mai stato scritto in terra di Francia. Ma che dico, "romanzo"? È un fumettaccio della peggior specie, caramelloso, stucchevole, retorico, scritto in meno di un mese da un ragazzo presuntuoso e illetterato, indegno del cognome che portava! Se all'epoca ci fosse stata la televisione, sarebbe diventato una telenovela, una specie di Beautiful.»

«Professore, mi tolga una curiosità: ma lei di dov'è?»

«Di Bergamo.»

«Ah, ecco, mi pareva.»

VII
Alla ricerca di Alphonsine

Niente più rue d'Antin 9, Bougival e tomba di Margherita Gautier, ma boulevard de la Madeleine 11, Saint-Germain-en-Laye e tomba di Alphonsine Plessis, insomma tutto da rifare. Eppure, a Rosa, il cambiamento non dispiace affatto: il personaggio di Margherita, a pensarci bene, non l'aveva mai convinta: troppo amante del lusso, dei gioielli, delle feste e della mondanità. In una parola, troppo amante del denaro. Alphonsine, invece, se l'immagina tutta diversa: una ragazza di campagna, tendenzialmente acqua e sapone, che però, dovendo sopravvivere in una città difficile come Parigi, s'arrangia.

Il professor Gaslini, con il quale si è poi rappacificata, proprio per cavargli fuori il maggior numero di notizie possibile, le racconta vita, morte e miracoli della bella Alphonsine. A quanto pare la giovane (ovvero lei stessa, in una vita precedente), appena quindicenne, era stata venduta dal padre, un ambulante sempre ubriaco, ad alcuni zingari di passaggio al modico prezzo di dodici bottiglie di Genrey Chambertin. La trattativa aveva avuto luogo in una taverna sulla provinciale per Parigi, mentre imperversava un temporale. Gli zingari, a loro volta, l'avevano ceduta a un oste di Palais Royal, un omaccione pieno di soldi, che l'aveva assunta nel duplice ruolo di amante e di cameriera.

Passano gli anni, e la ragazzina viene notata da un cliente di passaggio: è Agénor de Guiche, duca di Gramont, futuro ministro degli Esteri di Napoleone III. Il gentiluomo la preleva dalle mani dell'oste, e le insegna a vestirsi, a truccarsi e a muoversi come una gran dama. In meno di cinque anni Alphonsine impara tutto quello che c'è da imparare, ovvero a cantare, a ballare e a conversare su qualsiasi argomento. Frequenta i grandi concerti, l'Opéra-Comique e i locali alla moda. Viene corteggiata dai più ricchi e famosi *viveurs* della capitale e anche dal figlio di Alessandro Dumas (che, però, non è ricco né famoso). E proprio a causa di Dumas figlio, o, se vogliamo per merito suo, la vita di Alphonsine cambia di colpo.

Il primo incontro avviene in piazza della Borsa, all'uscita dei magazzini Susse: lei ha un gran cappello di paglia di Firenze e lui un monocolo d'oro, non perché fosse miope, sia chiaro, ma perché faceva fine esibirlo. Il giovanotto s'informa, viene a sapere che la ragazza è proprietà del duca di Gramont e per il momento desiste. Oltretutto, date le sue finanze, non avrebbe avuto cosa offrirle, se non la salute e la gioventù. Il momento propizio, comunque, arriva di lì a poco, durante il passaggio dal letto di Gramont a quello del conte di Stackelberg. Quest'ultimo è un vegliardo settantenne, che adotta Alphonsine per via di una vaga rassomiglianza con una figlia tragicamente perduta. Più che un amante è un padre adottivo, o almeno così dicono le malelingue, dal momento che il nobiluomo non pretende nulla in cambio della sua protezione.

Da quel giorno, il giovane scrittore e la bella cortigiana si incontrano un po' dovunque: all'Opéra- Comique, nei bistrot più in voga e nei salotti mondani, dopo di che, vediti oggi, vediti domani, s'innamorano come due cocuzze. Lui s'indebita fino al collo (e per questo motivo litiga col padre) e lei, per ridurre le spese, si allontana dal mondo dorato della capitale. Vanno a vivere, come i fidanzatini di Peynet, a Saint-Germain-en-Laye, un paesino alla periferia di Parigi. Qui, però, la storia non dura più di tanto: un anno, forse meno. Nell'estate del '45, infatti, scoppia tra i due una lite furibonda: lei gli rinfaccia la vita grama che conduce per amor suo, e lui esce di casa sbattendo la porta e se ne torna a Parigi. Sul tavolo, all'ingresso, solo un bigliettino:

Addio Alphonsine: non sono né abbastanza ricco per amarvi come vorrei, né abbastanza povero per essere amato come vorreste voi!

Insomma, *croce e delizia, delizia al cor,* come lo stesso Alfredo canta nel finale del primo atto. Per Alphonsine, neanche il tempo di piangere un paio di giorni, ed ecco profilarsi all'orizzonte un nuovo amante: è il conte di Perregaux, un gentiluomo di campagna, ovviamente ricco, che per maggior sicurezza se la porta a Londra in viaggio di piacere, anzi, se la sposa addirittura. Alphonsine, però, si è gravemente ammalata: ha la tisi, il male del secolo, che la costringe a svernare a Baden, in un sanatorio di lusso, dove cade nelle grinfie del dottor Koreff, il medico mondano più corteggiato dalle signore di Parigi. Ma non solo nelle sue: tra un amante e l'altro, sembra che abbia avuto una storia anche con Franz Liszt.

Alessandro, dal canto suo, fa di tutto per togliersela dalla mente: le dedica una raccolta di poesie intitolata

Peccati di gioventù (ne venderà quattordici copie), e parte con il padre per la Spagna. Al suo ritorno, viene a sapere che Alphonsine è morta. Distrutto dalla notizia, prima assiste all'asta in boulevard de la Madeleine 11 (dove incontra anche Dickens, e dove riacquista per cento franchi la copia di *Manon Lescaut* che lui stesso le aveva regalato), quindi all'esumazione del cadavere nel cimitero di Montmartre, e infine ritorna a Saint-Germain-en-Laye dove, in meno di un mese, butta giù *La Dame aux Camélias*, il romanzo che lo renderà famoso.

Ma torniamo a bomba, o meglio a Rosa. Anche lei, nel suo piccolo, aveva avuto la Grande Occasione. Non si era trattato di un duca, ma di un buon partito sì; per essere più precisi, di un vedovo proprietario di una tabaccheria dalle parti del Vaticano. Lei, all'epoca, stava ancora con Ascanio, quando il tabaccaio bussò alla sua porta, una sera, in giacca e cravatta, con un mazzo di fiori in una mano e un anello di fidanzamento nell'altra. A dirla tutta, il brav'uomo era un pochino avanti con gli anni, nel contempo, però, era anche stracarico di soldi, e tra le tante proprietà che si vantava di possedere c'era anche un attico in Santa Maria in Trastevere. Eppure Rosa non prese nemmeno in considerazione la sua proposta: lo ringraziò commossa, si dichiarò onorata, gli offrì un bicchierino di rosolio e lo riaccompagnò alla porta. E sì che le sarebbe convenuto! Perfino Ascanio era d'accordo.

«Quanto potrà campare?» le diceva. «Ha già sessantacinque anni e da come sta messo, forse, non arriva nemmeno ai settanta. Allora, dico io, tu che fai? Te lo sposi, ti fai intestare la tabaccheria e l'attico, e poi, non appena Nostro Signore se lo chiama accanto a sé, insieme agli angeli, ci sistemiamo pure noi. La tabaccheria la rinnoviamo tutta, da cima a fondo: ci mettiamo una bella cassiera bionda e una ricevitoria del Totocalcio. Poi chiediamo una licenza alla Camera di Commercio per souvenir religiosi: medagliette del Papa, bocce di vetro con San Pietro sotto la neve e reliquie di Giovanni XXIII. Tutta roba che si vende benissimo e non passa mai di moda.»

Lei, però, rifiutò lo stesso: l'amore e la passione per il cinema ebbero il sopravvento. Alphonsine Plessis, ne era convinta, avrebbe fatto altrettanto.

«Mi accompagni?» chiede a Barbara.

«Oddio, ci risiamo!» risponde la ragazza volgendo gli occhi al cielo. «Ma può essere che non ti dai mai pace? Adesso spunta fuori questa Alphonsine, che chissà poi se è davvero esistita, e tu subito ti precipiti. Io, poi, vorrei sapere una cosa da te: bene bene che hai visto dove abitava, dove mangiava e dove scopava, che te ne viene?»

«Di pratico, niente. Di emozioni, tantissime. È il cuore che mi avverte se sono stata io quella lì, o no.»

«Al posto tuo, cercherei emozioni più eccitanti» replica Barbara. «Forse è arrivato il momento di spiegarti com'è fatta la vita.»

«Ti prego, Barbaré, non abbandonarmi!» la scongiura Rosa. «Sabato prossimo, in mezza mattinata facciamo tutto: andiamo come prima cosa in boulevard de la Madeleine, poi, cinque minuti dopo, a Palais Royal, e come ultima tappa al cimitero di Montmartre.»

«Sai che allegria!»

«Tu, però, promettimi che non te ne scappi col primo venuto.»

«Stai ancora a pensare a Valerio? Ma se dopo quella volta di Bougival non l'ho visto più!»

«È appunto per questo che te lo dico: quando già sai che tutto si risolve in una botta e via, che la cominci a fare una storia? Io, fossi in te, certe esperienze me le risparmierei.»

«Sì mammà,» la prende in giro Barbara, facendo la voce di bambina «ti prometto che non lo farò mai più!»

Boulevard de la Madeleine numero 11, un palazzone anonimo, sede di un'agenzia immobiliare, di fronte al quale si trova un istituto di credito. Anche qui niente di romantico a cui aggrapparsi.

«Che facciamo?» chiede Barbara dopo un'occhiata distratta al cortile.

«Mi hanno detto che l'Opéra-Comique, quella dove lei andava ogni giorno, è proprio qui a due passi» propone Rosa. «Proviamo ad andarci anche noi, chissà che percorrendo queste strade non ci venga un'idea.»

Ma che idee vuoi che ci vengano? avrebbe voluto replicare Barbara. Non t'accorgi che è cambiato tutto: i numeri, i nomi dei locali... le destinazioni d'uso. Quello che una volta era un ristorante, oggi, magari, è diventato un Grande Magazzino, tipo la Galerie La Fayette, tanto per dire, oppure una banca, oppure una agenzia di cambio.

«Sento che l'Opéra-Comique è da questa parte» indica Rosa allungando un braccio, come un rabdomante che abbia appena individuato la vena.

Certo che quando una non ci sta più con la testa, pensa Barbara, è inutile star lì a cercare di farla ragionare. Tanto vale darle una mano, almeno così si fa prima.

«*L'Opéra-Comique, s'il vous plaît?*» chiede la giovane a un passante.

«*Tout droit, jusqu'à la Banque Nationale de Paris, et tout de suite après à droite.*»

Banche sempre banche, ma non c'è da meravigliarsi: Alphonsine, Margherita o Violetta avevano fatto tutte e tre le zoccole; era normale, quindi, che il denaro le accompagnasse anche dopo la morte.

Arrivano all'Opéra-Comique. L'edificio non è visitabile perché in restauro.

«Senti qualcosa?» chiede Barbara.

«Veramente no» risponde Rosa con un po' di affanno. Poi precisa: «Magari dentro...».

«Non si può, è chiuso» taglia corto Barbara, quasi felice che il sopralluogo non si possa fare. «Prendiamo piuttosto il metrò e andiamo a Palais Royal, così ci togliamo anche il pensiero della trattoria.»

Di bistrot, o presunti tali, a Palais Royal, ce ne sono quattro, e precisamente: la Sala da tè Raguenau, la Brasserie le Louvre, il Café Palais Royal e il Café le Nemours.

«Mica possiamo entrare in tutti e quattro!» avverte giudiziosamente Barbara. «Lo dico per te, Rosetta cara: i soldi sono tuoi e le consumazioni costano una tombola.»

«Vuol dire che ordineremo solo caffè: quello che costa meno. Ma io debbo provare.»

«Provare che cosa?»

«Come risponde il cuore.»

«E dalli col cuore!» sbotta Barbara. «Ma può essere che non riesci a stare con i piedi per terra? Io poi vorrei che mi spiegassi una cosa: che tu, in un'altra vita, sia stata Alphonsine Plessis, o Margherita Gautier, o Maria Goretti, che differenza fa?»

«Mi aiuta a capire come sono fatta dentro.»

«E a che ti serve?»

Ma Rosa non risponde: entra come uno zombi nella Sala da tè Raguenau, si siede e ordina a un cameriere due caffè, questa volta, però, parlando direttamente in francese.

«*Deux cafés, s'il vous plaît.*»

Dopo la Sala Raguenau, viene il turno della Brasserie le Louvre, quindi del Café Palais Royal e del Café le Nemours. Solo quest'ultimo, in effetti, riesce a procurare a Rosa qualche palpitazione.

«Sento che i battiti sono aumentati!» sospira, chiudendo gli occhi e portandosi una mano al petto.

«Saranno i caffè» risponde Barbara.

«Macché, statti zitta: sono proprio aumentati» insiste Rosa. E indica una parete del locale tutta affrescata: «Io quel muro l'ho già visto».

L'affresco mostra una pittrice che sta ritraendo alcuni attori vestiti con costumi settecenteschi. Barbara vorrebbe smentirla subito, magari chiedendo al proprietario da quanto tempo esiste quel bistrot, o se quel dipinto è un'opera recente, poi pensa che disilluderla sarebbe un'inutile crudeltà, e allora lascia perdere.

«Va bene, brava: questo locale lo hai già visto. Adesso, però, torniamo in albergo che abbiamo fatto tardi.»

«Nossignore,» protesta Rosa «ora dobbiamo andare a Montmartre, al cimitero: prima però voglio comprare le camelie per Alphonsine.»

«Ah no, a Montmartre no!» esplode Barbara. «Rosetta mia bella, io ti voglio tanto bene, ma non ce la faccio proprio ad accompagnarti anche al cimitero. Quello, se vuoi, te lo fai tutto da sola. Io, magari, ti piazzo sul metrò, ti dico la stazione dove devi scendere e cambiare linea, ma la visita alla tomba me la vorrei proprio risparmiare!»

VIII
Jean Fumée

Rosa non fa in tempo a varcare il cancello del cimitero di Montmartre che viene abbordata da un omino di mezz'età dai capelli grigi. A vederlo sembra un parente in lutto che abbia appena perso contatto con il corteo funebre: è vestito di nero, ha una valigetta di pelle e l'aria di chi deve tornare in ufficio quanto prima.

«*Bonjour madame,*» le dice l'omino «*excusez-moi, j'espère de ne pas être indiscret: est-ce-que vous êtes en train de chercher la tombe d'Alphonsine Plessis?*»

«*Oui*» farfuglia Rosa che non ha capito niente, ma che ha sentito fare il nome di Alphonsine Plessis. «Io però... veramente... mi spiace... non parlo francese...»

«Non mi dica che è italiana! Oh che piacere!» esclama l'omino, tutto felice. «E allora permetta che mi presenti: sono Jean Fumée, il segretario del club *Les Amis de la Dame aux Camélias*. Non si meravigli se mi sente parlar bene l'italiano, ma la professione mi obbliga a essere poliglotta. Non per niente la Signora delle Camelie ha seguaci in ogni parte del mondo, perfino in Cina. A proposito, lei parla cinese?»

«Purtroppo no, io parlo solo italiano: mi chiamo Rosa Grieco e lavoro nel cinema. Sono l'assistente personale di Alberto Sanna. Lei sa chi è Alberto Sanna?»

«E chi non lo conosce! Il mitico Sanna: oserei dire il vanto di un'intera nazione!»

«Beh, insomma...» si schermisce Rosa, quasi che il complimento iperbolico fosse rivolto a lei. «Piuttosto, mi dica: come ha fatto a capire che sto cercando la tomba di Alphonsine Plessis?»

«Per via delle camelie» risponde pronto Jean Fumée, indicando i fiori che Rosa ha appena comprato. «Lei non può immaginare quante persone, ogni giorno, vengono a deporre mazzi di camelie sulla tomba di Alphonsine! Mi segua e lo potrà constatare di persona.»

Così parlando, i due salgono la scalinata che porta al Rond Point, ovvero a una piccola rotonda dalla quale si diramano tutti i vialetti del cimitero. Jean Fumée, in veste di Virgilio, indica a Rosa le tombe più illustri, e dal suo modo di parlare sembra quasi che se ne senta il proprietario.

«Quella è la tomba di Théophile Gautier, più avanti ho quella di Degas» dice con orgoglio. Per poi aggiungere, un po' contrariato: «Un tempo avevo anche Émile Zola, poi, sa come vanno le cose al comune, me lo hanno traslato al Pantheon».

Rosa si mostra dispiaciuta per questo scippo subìto dall'omino: in realtà lei non ha la minima idea di chi siano Théophile Gautier, Degas ed Émile Zola. Comunque, tanto per dire qualcosa, prova a fare un commento: «Così anche voi francesi avete il Pantheon... mi fa veramente piacere».

«Quello lì, invece, è Hector Berlioz, grande musicista, autore della *Dannazione di Faust* e della *Sinfonia fantastica*, e dietro di lui giace l'ultimo arrivato in ordine di tempo: François Truffaut.»

«Quale Truffaut?» chiede Rosa, improvvisamente interessata. «Mica il regista... quello di *Effetto notte*?»

«Proprio lui.»

«E quando è morto?»

«Poco tempo fa: nell'84.»

«Uh, come mi dispiace!»

«A chi lo dice!» le fa eco Jean Fumée con un pizzico di commozione nella voce. «Qui, a Parigi, lo rimpiangiamo tutti, in particolare noi cinefili. Non è escluso, infatti, che già quest'anno nasca il club de *Les Amis de François Truffaut*.»

«E Alphonsine dov'è?»

«Da tutt'altra parte. Io, però, volevo mostrarle prima la tomba di Alessandro Dumas figlio, l'autore della *Signora delle Camelie*. Eccolo qua: fu lui a immortalare Alphonsine Plessis e a farla diventare un simbolo per tutte le donne innamorate.»

I due si bloccano in silenzioso omaggio davanti al monumento di marmo, sul quale nessun fiore era stato deposto. Rosa inizia a biascicare un *requiem*, per poi bloccarsi all'improvviso: «Chissà che anche Alberto Sanna,» pensa «non sia la reincarnazione di qualcuno, per esempio proprio del giovane Dumas». Solo lui avrebbe potuto dircelo con sicurezza. Magari venendo di persona e avvertendo, che so io, un sussulto, un brivido lungo la schiena, un sudore freddo alla fronte. Purtroppo, però, quelli che di reincarnazione ne capiscono le avevano spiegato che questo tipo di emozioni le provano solo le persone ultrasensibili, come lei tanto per intendersi. E di Sanna tutto si poteva dire, tranne che fosse un ultrasensibile. Le uniche cose che gli facevano battere il cuore erano la coda alla vaccinara e la pajata; poi, e solo in seconda battuta, il denaro, e magari anche quelle quattro zoccolette che gli chiedevano l'autografo.

Lei, comunque, avrebbe provato lo stesso a farlo venire a Montmartre.

Jean Fumée intanto la sta tirando per un braccio, e Rosa, dopo aver deposto una camelia del suo mazzo sulla tomba di Dumas figlio, lo segue vagamente commossa. Tutto sommato, se lei oggi conosce la storia dolorosa della Signora delle Camelie, lo deve a questo povero Dumas di seconda categoria, tanto bistrattato da quel presuntuoso del professore.

«Pace all'anima tua» mormora Rosa. «E che il Signore ti conservi un posto nel paradiso degli scrittori, accanto ai più importanti, come Dante Alighieri e Carolina Invernizio.»

Lei lo spera proprio, anche se, a sentire il professore, era stato meno bravo del padre.

I due passano accanto alla lapide di Stendhal con la famosa iscrizione «Henri Beylc, milanese».

«Stendhal era italiano?» chiede Rosa stupita.

«No, ma amava l'Italia: è stato lui a volere che sulla sua tomba venisse scritto "milanese".»

«Anche Stendhal ebbe un grande amore?»

«Se è per questo, ne ebbe dozzine. Tanto per fare qualche nome: Mélanie, Thérèse, Gina, Éléonore, Matilde e tante, tante altre. Era uno, insomma, che correva sempre dietro alle donne.»

«Altri tempi quelli!» commenta Rosa. «Oggi gli uomini, invece, pensano solo ai soldi e al successo.»

Finalmente giungono davanti alla tomba di Alphonsine. Sui gradini fanno bella mostra di sé quattro mazzi di camelie, alcune fresche di giornata, altre, invece, solo di plastica. La sarta aggiunge le sue, si fa il segno della croce e legge l'epigrafe.

ICI REPOSE
ALPHONSINE PLESSIS
NÉE LE 15 JANVIER 1824
DÉCÉDÉE LE 5 FÉVRIER 1847
DE PROFUNDIS

Rosa fa il conto: la poverina è nata nel gennaio del '24 ed è morta nel febbraio del '47, quarantasette meno ventiquattro fa ventitré. Praticamente era ancora una ragazzina quando lasciò questa valle di lacrime. Ma cos'è mai la morte, si chiede Rosa, e cosa starà facendo Alphonsine in questo momento? La sta guardando? Oppure è lei che sta guardando Alphonsine, ovvero se stessa? Lentamente una lacrima comincia a rigarle la guancia. Jean Fumée se ne accorge, e discretamente arretra di un passo. Rosa, però, si vergogna di essersi commossa, e ha un gesto d'insofferenza: si asciuga svelta il viso con l'avambraccio e si precipita verso l'uscita, piantando in asso il povero Jean Fumée.

«*Madame* Grieco, *Madame* Grieco!» ansima l'omino rincorrendola. «La prego, mi aspetti.»

Appena riesce a raggiungerla, tira fuori dalla valigetta una scatola rosa con su dipinte due camelie.

«Come le dicevo prima, io sono il segretario del club *Les Amis de la Dame aux Camélias*. Tra i tanti compiti che comporta il mio ruolo, c'è anche quello di consegnare a tutti i fans della Signora delle Camelie questo kit completo con le varie testimonianze. Se ha un minuto di pazienza glielo mostro.»

E dopo aver appoggiato sulla lapide più vicina la scatola di cartone, l'apre e ne tira fuori, uno alla volta, una serie di oggetti.

«Questo è il romanzo di Alessandro Dumas figlio, nell'edizione francese, con prefazione di André Maurois e postfazione di Jules Janin. Volendo, con un minimo incremento di prezzo, posso procurarle l'edizione italiana. Qui abbiamo il video e il compact dell'edizione integrale della *Traviata* diretta da Franco Ghione e cantata da Maria Callas. Poi c'è il video del film *Margherita Gautier* interpretato da Greta Garbo per la regia di George Cukor. Ed ecco le reliquie più pregiate: le copie anastatiche di tutte le lettere che Dumas figlio scrisse alla sua amante, compreso il famoso biglietto dove dice: "Non sono abbastanza ricco per amarvi come vorrei, né abbastanza povero per amarvi come vorreste voi", quindi il ritratto di Alphonsine Plessis eseguito dal grande Édouard Vienot; e infine la tessera d'iscrizione al club *Les Amis de la Dame aux Camélias*. Il tutto per soli cinquecento franchi, ovvero poco più di centomila lire. Ora, se lei pensa che nel kit ci sono la bellezza di due video, un compact e un libro, per non parlare delle lettere, del ritratto e della tessera del club, si renderà conto che si tratta veramente di un affare.»

Rosa prende tutto senza fiatare, paga e si avvia verso la metropolitana. Non ha nemmeno chiesto l'edizione italiana della *Signora delle Camelie*, benché la sua sia ormai davvero malconcia. Da quando ha visto la tomba di Alphonsine, non è più lei. L'omino la vede allontanarsi e capisce che sarebbe inutile proporle l'acquisto di qualcos'altro: la sarta non lo ascolterebbe nemmeno, è altrove con la testa. Jean Fumée la segue per un breve tratto di strada, poi s'infila in un portoncino buio e sparisce in un sottoscala. Qui, tra montagne di scatole uguali a quella che ha appena venduto, c'è un giovanotto che gli assomiglia.

«È un'ora che aspetto.»

«Sei stato agli Invalides?»

«Sì, papà.»

«Quanti Napoleoni hai portato?»

«Dodici, come sempre.»

«E ti sei fatto dare la ricevuta?»

«Eccola qua.»

Jean Fumée non è francese, è napoletano. Il suo vero nome è Gianni Fumo, e di mestiere fa il commerciante di souvenir. Oltre che sulla Signora delle Camelie, vende kit completi su Napoleone, Toulouse-Lautrec, Edith Piaf, Charles De Gaulle e Ives Montand. A richiesta, procura ricordi riguardanti qualsiasi personaggio dell'arte o della storia: basta pagare.

IX
Il *karma*

La pioggia nel cinema è l'incubo dei produttori, dato che, bello o brutto sia il tempo, gli attori e la troupe vanno comunque pagati. C'è chi è previdente e si assicura, e chi invece, come nel nostro caso, preferisce affidarsi alla sorte e ai bollettini meteorologici dei telegiornali.

«Porca la miseriaccia zozza!» impreca il produttore, il cavalier Marchetti, mostrando i pugni al cielo. «Dico io, ma è possibile che non ci si può fidare nemmeno della televisione? E pensare che hanno pure i satelliti! Quelli francesi, poi, te li raccomando: sono perfino peggiori di quelli italiani, che è tutto dire! Mi avevano garantito l'anticiclone, mi avevano garantito, e ora eccolo qua l'anticiclone di quelle troie delle loro mamme: piove che sembra il diluvio universale! Che Dio li strafulmini... tutti quanti... dal primo all'ultimo... loro e i satelliti!»

«Io me ne vado a dormire» comunica Sanna, del tutto indifferente alle imprecazioni del suo datore di lavoro. «Mi spiace solo di essermi truccato. Io però stamattina lo avevo detto: il cielo non mi piace, aspettiamo fino alle nove prima di cominciare col trucco.»

«Ma se c'era un sole che spaccava le pietre!» protesta il tapino, ormai quasi alle lacrime. «Come potevo immaginare che dopo nemmeno mezz'ora si sarebbe scatenata tutta quest'ira di Dio!»

Alberto Sanna, però, non ha voglia di discutere e si avvia di corsa verso la roulotte. Come tutti gli attori, è del tutto insensibile ai problemi dei produttori, convinto com'è che, alla fin fine, saranno sempre loro gli unici a fare i soldi, e per di più a spese di chi lavora sul serio, ovvero a scapito suo.

Apre la porta della roulotte e ci trova dentro Rosa.

«Io mi metto a dormire,» le dice «e mi raccomando: non svegliarmi per nessuna ragione. Mi puoi chiamare solo se vedi il sole in mezzo al cielo, e senza nemmeno una nuvola. Mi sono spiegato?»

La sarta annuisce ma non accenna a muoversi. Evidentemente non ha voglia di uscire all'aperto, anche perché proprio in quel momento la pioggia si è scatenata e picchia sul tetto della roulotte come cento mitragliatrici, ma Sanna, senza tanti giri di parole, la invita a sloggiare. Non le dice proprio «togliti dai coglioni», ma ci va molto vicino. La poverina, allora, riparandosi il capo con un impermeabile, si precipita di corsa verso una vecchia locanda, che proprio quella mattina aveva intravisto sulla provinciale. E naturalmente chi ci trova? Tutta la troupe al completo, dal regista all'ultimo degli assistenti. Alcuni stanno giocando a scopone, altri, invece, sono intenti a bere *pastis*, il tradizionale aperitivo all'anice, a nostro parere disgustoso, ma tuttora prediletto dagli alcolisti di Francia. In un angolo, con un mazzo di carte tra le mani, c'è Marina Moffa, la costumista.

«Ti va di provare?»

Lì per lì, Rosa non sa cosa rispondere: le avevano già

detto che Marina «faceva le carte» e che quello era il suo vero mestiere, dal momento che il cinema lo faceva solo per hobby. La cartomante, vedendola incerta, pensa bene di incoraggiarla un pochino: «Per questa volta te le faccio gratis, tanto piove».

Che c'entri poi la pioggia col fare le carte gratis non si capisce bene. D'altra parte, pensa Rosa, perché non provare? Sanna si era messo a dormire e, almeno per un'ora, non l'avrebbe chiamata.

«Questa sei tu» esordisce Marina mostrando la Donna di Cuori.

E fin qui tutto regolare: anche la più sprovveduta delle cartomanti sa che la sua cliente è la Donna di Cuori. La lettura, invece, comincia a farsi interessante non appena escono quattro Fanti, uno dietro l'altro.

«Sei sicura di essere italiana?» chiede Marina.

«Italiana?» ripete Rosa stupita. «Certo che sono italiana. Sono nata a Napoli. Ormai, però, sono sedici anni che vivo a Roma. Ma perché me lo chiedi?»

«Non lo so... ma le carte si sono messe in un modo così curioso... come se tu non fossi italiana. Guarda se dico bugie: le vedi tutte queste figure? Sono tutti Fanti.»

«E che vuol dire?»

«Che i Fanti, in genere, vengono chiamati *Valet*, e *Valet* è un termine francese.»

«Io il francese non lo so nemmeno parlare! A stento riesco a dire *bonjour*. Anche se...»

«Anche se...?» l'incoraggia Marina.

Ma Rosa non va oltre: non vuole suggerirle niente. Se davvero è brava, che se l'indovini tutta da sola la storia della reincarnazione.

«Questa qui sono io?» farfuglia, tanto per guadagnare tempo.

«Sì, sei tu: sei la Donna di Cuori.»

«E questa chi è?» chiede ancora Rosa, indicando la Donna di Fiori.

«Beh, tenuto conto dello sceneggiato che stiamo girando, dovrebbe essere Violetta. In questo caso i Fiori rappresenterebbero le camelie.»

E dagli: ecco che rispunta la reincarnazione! Rosa quasi non respira: ha paura di tradirsi, di rivelarsi come nuova Signora delle Camelie. A quel punto, però, vede un Re di Cuori e non può fare a meno di chiedere: «E questo chi è? Alfredo?».

«Nossignore, questo è tuo padre. Il "lui", se per "lui" vogliamo intendere l'uomo della tua vita, è il Re di Picche, ma non è ancora uscito.»

E che non fosse uscito Rosa lo sa benissimo: sono anni che lo aspetta. Fino a quel momento, nessun uomo aveva soddisfatto il suo disperato bisogno d'amore. Non certo quel mascalzone di Ascanio, che l'aveva scaricata, una notte, sola e senza una lira. Né tanto meno il grande divo del cinema Alberto Sanna, che non sembra neanche accorgersi di tutte le attenzioni di cui lei lo circonda. Può chiamarsi amore un rapporto in cui solo uno dei due si dedica all'altro? Assolutamente no. E allora non resta che sperare in un terzo uomo, possibilmente più sensibile. Anche lei ha diritto, se non a un Principe Azzurro, almeno a un uomo che le voglia bene. Nell'attesa, però, niente le vieta d'immaginare che sia Alberto Sanna il suo Re di Picche.

L'aggancio condotto da Marina non è stato affatto casuale, anzi, fa parte di un preciso piano architettato da Anima Nera. Il ciacchista si è troppo divertito, la famosa sera della seduta spiritica, per non provarci di nuovo: la sarta a suo avviso va lavorata fino alla fine, o, per dirla con parole sue, fino all'ultima lira. E dal momento che una delle sue amiche, per l'appunto Marina, è brava a fare le carte, perché non unire l'utile al dilettevole, e cioè divertirsi alle spalle di Rosa e guadagnare qualche centone?

«*Io te passo le notizie e tu te la lavori*» aveva detto alla complice. «*E ricordate de quello che te dico: se puro l'alleggerimo d'un par de sacchi, nun è peccato: 'a famo felice.*»

Ora, potrà sembrare strano, ma Anima Nera ha perfettamente capito la sua vittima: Rosa non è mai stata così felice come da quando le hanno teso il tranello della falsa seduta spiritica. Adesso, poi, lo è ancora di più. Sta lì, con gli occhi inchiodati sulle carte, col cuore in gola, e prende per oro colato le interpretazioni che sente.

«Sei davvero strana!» commenta Marina, accostando la Donna di Cuori ora all'uno, ora all'altro Fante. «Sei assetata d'amore e nello stesso tempo sembra che cerchi di evitarlo. Come se un'esperienza esaltante, vissuta in tempi remoti, ti rendesse insopportabile il confronto tra l'uomo ideale e quello che oggi ti sta vicino, in carne e ossa.»

Gesù, Gesù, pensa Rosa, ma questa qui ha proprio centrato il problema: il confronto tra il sogno e la realtà! Quante volte aveva provato a paragonare Sanna all'uomo dei suoi desideri, e quante volte era stata costretta ad ammettere che si trattava di due persone completamente diverse. D'accordo, l'amore è sempre Croce e Delizia, ma quando è tutto Croce e così poco Delizia, una poverina ha pure il diritto di avvilirsi. E poi, quale Delizia? Alberto non era capace di deliziare proprio nessuno.

«È vero che molto tempo fa hai vissuto una grande

storia d'amore, qui a Parigi?» incalza Marina, fissandola negli occhi.

Rosa non sa che rispondere, vorrebbe dirle tutto, ma non osa. È lì lì per aprirsi, quando l'aiuto-regista irrompe nella locanda come una furia.

«*Ahò, e che stamo a fa'? 'A bella vita?*» sbraita, usando come al solito il megafono, benché si trovasse in un locale pubblico. «*A manica de sfaticati! Forza che se lavora, forza ch'è tornato er sole!*»

Dopo quella prima seduta, molte altre ne seguono, e tutte a pagamento. Almeno un terzo della busta paga di Rosa finisce, giorno dopo giorno, col trasmigrare dalle tasche della sarta a quelle insaziabili dell'Associazione a delinquere «Marina Moffa & Anima Nera».

La mattina il ciacchista la interroga sui suoi stati d'animo e la sera Marina le fa le carte. Il problema, secondo la costumista, è il *karma*.

«Ma che cos'è il *karma*?» chiede Rosa.

«È la somma di tutte le azioni, quelle che hai compiuto in questa vita e nelle vite precedenti. Ogni azione, però, è, nel medesimo tempo, causa delle azioni future ed effetto di quelle precedenti.»

Rosa, però, continua a non capire: «Se c'è una cosa che non mi torna, è proprio questo fatto della *karma*: se io in un'altra vita sono stata Alphonsine Plessis, cioè una cortigiana, qualche esperienza di sesso la dovrei pure ricordare, o no? Che so io... una notte d'amore trascorsa tra le braccia di Alessandro Dumas o di un nobile parigino. E invece non mi ricordo proprio niente. Anzi, per essere sincera, non sono nemmeno tanto esperta in cose erotiche. Ora, non per criticare la mia antenata, ma questa Alphonsine, durante i pochi anni che ha vissuto, diciamo la verità, se l'è spassata bene e meglio: deve avere avuto una *karma* che non finisce più...»

«Un *karma*, non una *karma*» la corregge Marina. «Il *karma* è maschile, e sta a rappresentare sia le azioni compiute, sia le loro conseguenze. È come dire il risultato finale di tutto quello che hai fatto.»

In sostanza, Rosa diventa sempre di più karmadipendente e, oltre a dover fare i conti col Re di Picche e con la Donna di Cuori, si sente anche condizionata dagli influssi astrali.

«Oggi, ti consiglio di non farti vedere in giro,» le dice un giorno Marina «hai Mercurio in opposizione.»

«E che gli ho fatto?»

«Niente di particolare, però lui è entrato nel Capricorno e questo a te non porta bene.»

«Mannaggia a Mercurio, mannaggia!»

La Grande Rivelazione ha luogo il giorno in cui il Re di Picche, la Donna di Fiori e la Donna di Cuori escono insieme, una dietro l'altra. Ci crediate o no, Alberto Sanna risulta essere la reincarnazione di Alessandro Dumas figlio, l'autore della *Signora delle Camelie*, proprio come la stessa Rosa aveva intuito il giorno in cui era andata a Montmartre. Sorge allora il problema di convincerne il diretto interessato. La povera Rosa ci prova in tutti i modi.

«Io e te, in una vita precedente ci siamo amati.»

«Io e te? E che, ero pazzo?»

«No, non eri pazzo: eri Alfredo Germont, e io ero Violetta Valéry.»

«*E io che c'ho da spartì co' Arfredo? Io so' tutto diverso, so' più pratico.*»

«Cominciamo col dire» risponde Rosa «che hai il nome che comincia per A.»

«E con questo? Allora tutti quelli che hanno il nome che comincia per A, che so io... Andrea, Alfonso e Arcibaldo, dovrebbero essere la reincarnazione di Alfredo?»

«No, che c'entra. Però tutti quelli che hanno amato la Signora delle Camelie avevano un nome che comincia per A: Alessandro Dumas, Armando Duval e Alfredo Germont.»

«Di' tutto quello che vuoi, ma io non posso essere mai stato Alfredo.»

«E perché?»

«Perché Alfredo era un imbecille, era uno che s'innamorava come una cocuzza. Io, modestamente, le donne le ho sempre trattate come debbono essere trattate, cioè con durezza. Guarda mia moglie, tanto per dirne una, se solo s'azzarda a fiatare si ritrova sul pianerottolo di casa con una mano davanti e l'altra dietro. Le donne debbono fare il loro dovere punto e basta, e cioè devono essere brave a letto e in cucina. Io non chiedo niente di più. Poi, però, succede che arrivano quelli come Alfredo e te le guastano. E già perché loro, le *paracule*, subito se ne approfittano: si fanno comprare i gioielli, gli abiti firmati, le pellicce, e non contente di tutti questi regali, fanno pure le gelose. Bada bene che mia moglie, nei primi anni di matrimonio, non era come è adesso. Sono stato io che l'ho educata. All'inizio faceva pure la gelosa: "Dove sei stato ieri sera? Con chi stavi parlando a telefono? Chi è questa Giuseppina che ti chiama tutti i giorni?". Insomma, le solite cose. Allora io un bel giorno le ho dato uno schiaffetto, niente di pesante sia chiaro, e poi le detto: "*A Giovà, io so' un artista, e l'artista deve esse libero de movese come più je piace. Ner cinema faccio scene d'amore e nella vita me devo allenà, quinni, se vedi che me sto a strofinà co' quarcuna, nun te sta a preoccupà: so' io che sto lavoranno!"*.»

Ora, figuriamoci se uno così può credere al *karma*! A Rosa, invece, tutto sembrava quadrare alla perfezione: l'affetto che sente per lui, la dedizione con cui l'ha seguito fin dal primo giorno, l'acuto malessere che l'ha colpita non appena messo piede a Parigi, e poi tanti e tanti altri piccoli particolari che lei rileva di continuo e che lui, invece, si rifiuta di prendere in considerazione.

A forza d'insistere, però, un giorno riesce a convincerlo a farsi fare le carte da Marina.

«Questo è lei» comincia a dire la cartomante, mostrandogli il Re di Picche «e questa è Rosa.»

«E questa?» chiede Alberto, indicando la Donna di Picche, uscita subito dopo.

«È sua moglie Giovanna.»

«*'O sapevo! Me sta sempre appiccicata dietro, come 'na sanguisuga!*» impreca lui, chiamando il cielo a testimone, per poi, un attimo dopo, provare a chiedere qualcosa di più concreto: «*A Marì, damme 'n consijo: ma che posso fa' pe' spiccicammela de dosso?*».

«Non ne ho la minima idea, e poi non la conosco.»

«*Tu le sai fa' le fatture?*»

«Le fatture!» esclama Marina scandalizzata. «Ma con chi si crede di avere a che fare? Io, se permette, non sono una fattucchiera, sono una cartomante. Mi limito a leggere quello che dicono le carte.»

«E che dicono le carte?» chiede Sanna, diffidente.

«Che in questo film ritroverà se stesso.»

«*E che vor di'?*»

«Non lo so.»

«Lo so io che vuol dire,» interviene Rosa, raggiante,

«che scoprirai di essere la reincarnazione di Alfredo, cioè di Armando, e che tornerai ad amare Violetta, cioè Margherita, cioè...»

Sta per vincere l'esitazione e aggiungere «me», quando Alberto si alza di scatto e si allontana ingrugnato.

«*Va be', ho capito: so' tutte stronzate! E sia chiara 'na cosa: io nun tiro fori 'na lira!*»

Ma questo Rosa già se l'era immaginato, tanto è vero che aveva pagato tutto in anticipo.

X
Abbasso Verdi

Sanna ha appena finito di struccarsi. Oggi è il suo compleanno: cinquantasette anni suonati! Ma suonati da chi? Dal Padreterno? E perché li suona? Facile a dirsi: per ricordargli che deve morire! No, questo non è un bel giorno: è una cambiale da pagare allo sportello della vita, è un morire a rate, compleanno dopo compleanno, senza alcuna possibilità di avere una proroga. Per il momento se n'è andata la gioventù, quasi di nascosto, senza che lui se ne accorgesse, e ora giace lì, nel feretro, insieme al corpo di colui che fu, ovvero il più bell'attore del cinema italiano, il Clark Gable di Cinecittà, come una volta lo ebbe a definire il «Corriere della Sera». Sanna scruta le rughe allo specchio e ha l'impressione che sul suo viso comincino a scorrere dal basso verso l'alto i titoli di coda. Per ultima arriva la parola FINE, e a fare da colonna sonora ci sono le trombe del Giudizio.

«Alberto Sanna,» lo avvisa una voce cavernosa «un altro anno è passato, e ora ne hai uno in meno da vivere!»

Si passa ancora una volta sul viso il latte detergente, ma la pelle, provata da ore e ore di trucco, si rivela ancora più molliccia di quanto non prevedesse: eccoli lì i suoi cinquantasette anni suonati! Si nascondono tra le rughe come tanti cecchini in agguato. Basta lavarsi la faccia perché saltino fuori e comincino a sparare.

La troupe si aspetta cena e champagne? Che si accomodino pure, lui li offrirà volentieri, a patto però che a nessuno venga in mente di pronunciare ad alta voce il numero cinquantasette. E se proprio vogliono la torta di compleanno, che la si ordini pure al pasticciere, sempre però che non ci sia quella stramaledetta foresta di candeline a fargli da promemoria. Una sola candelina basta e avanza, magari più grande del normale, purché possa essere spenta senza tutti quegli applausi, e soprattutto senza brindisi con i bicchieri che si urtano l'un l'altro. Insomma, per chi non l'avesse ancora capito, lui non ha nessuna voglia di festeggiare. Se fino a ieri gli anni da togliersi erano trenta, adesso sono trentuno, con la conseguenza che dovrà restare una decina di minuti in più in sala trucco per calarsi nei panni di Alfredo.

Sua moglie, invece, e con lei quella scimunita di Rosa, non stanno nei panni dalla gioia. Che lui sia diventato un pochino più vecchio a loro fa piacere: evidentemente quell'anno in più lo rende più vulnerabile, più bisognoso di affetto e, quindi, più alla loro mercé. E tanto per toccare con mano fino a che punto non lo capiscono, che cosa gli hanno regalato per il compleanno? Sua moglie un portasigarette d'oro con la data di nascita incisa sul retro, e la sua sarta una scatola con tutti i ricordi della Signora delle Camelie... proprio a lui, ad Alberto Sanna, a lui che non vede l'ora di togliersi di dosso i panni di quell'imbecille di Alfredo.

Per la festa di compleanno la produzione ha requisito una trattoria della *banlieue*, nella zona di Clichy, e l'ha fatta addobbare con festoni, lampadine colorate e cestini di frutta. Giunge anche il produttore da Roma, il cavalier Marchetti. Si presenta come al solito con tutti i segni del potere: limousine nera, autista in divisa, Rolex d'oro e una biondina al seguito di nazionalità incerta. Sanna sorride a tutti, alla moglie, al produttore, alla biondina e a quelli della troupe.

«Grazie, grazie di essere venuti» dice commosso, man mano che gli invitati entrano nel locale e gli mollano in mano il regalo di compleanno, ma si capisce che recita.

La signora Giovanna lo guarda con tenerezza.

«Più passa il tempo e più migliora» confida al regista.

«Perché, prima era peggio?» chiede sardonico quest'ultimo.

«Beh, certo, quando si è giovani, si è sempre un tantinello più superficiali.»

«Pensa te che doveva essere!» commenta lui.

È il momento del brindisi. Vengono stappate le bottiglie di champagne, ovviamente francese. Sanna si alza in piedi e tutti gli chiedono un discorso. Lui si guarda intorno con studiata lentezza, e mentre pensa a quello che può dire, cerca d'imitare i gesti di Amedeo Nazzari nel brindisi della *Cena delle beffe*. Purtroppo per lui, però, non gli viene nulla in mente di altrettanto solenne.

«Amici carissimi, grazie. Grazie a tutti. Non so proprio come ringraziarvi» comincia a declamare con enfasi, tanto per prendere tempo. «Noi oggi siamo a Parigi, mentre l'anno scorso stavamo a Roma.»

«A Cinecittà» precisa Anima Nera.

«Ebbene, amici miei, è passato un anno e nemmeno ce ne siamo accorti. Manco fosse un'ora, un minuto. Lo scorso anno eravamo tutti al Teatro Quattro. Ve lo ricordate il Teatro Quattro? Faceva un caldo appiccicoso che non si riusciva nemmeno a respirare. Mi ricordo che stavamo girando *La regina della camorra*. Anche oggi fa caldo, e stiamo girando la *Traviata*. Come dire che siamo passati da una mignotta all'altra.»

Tutti ridono a eccezione di Rosa, che non apprezza affatto la battuta.

«Nossignore» protesta indignata. «Violetta non era una mignotta!»

«E allora che cos'era, una santa?» chiede Sanna ironico.

«Era una donna innamorata, circondata da vecchi schifosi. Fosse stata una mignotta non si sarebbe venduto tutto quello che aveva: carrozza, gioielli e pellicce, solo per mantenere il suo uomo. Non ci dimentichiamo, infatti, che Alfredo era un giovane disoccupato, senza arte né parte?»

«Ma cosa ne vuol sapere lei di come stava messo Dumas figlio!» la rimbecca pronto il professore. «Magari Violetta, cioè Alphonsine, aveva messo gli occhi sui diritti d'autore del padre.»

«Un momento,» interviene il produttore «non per prendere le difese della Signora delle Camelie, ma Dumas padre era noto per stare sempre in bolletta. Ho letto da qualche parte che il suo editore, pur di costringerlo a lavorare, non gli mollava mai una lira di anticipo; lo pagava solo a lavoro fatto, un tanto a riga, proprio per sfruttare il suo continuo bisogno di denaro. E poi, si fa presto a dire mignotta: magari Violetta lo era solo per necessità.»

Alla parola «mignotta» tutti, chissà perché, sbirciano la biondina, che continua a guardare nel vuoto senza dar segni di vita.

«Io quello che so» insiste Rosa «è che quando il padre di Alfredo la supplica di lasciare il figlio, per evitare che vada a monte il matrimonio dell'altra figlia, quella *pura siccome un angelo,* lei non chiede nulla in cambio. Anzi, lo tranquillizza. E che gli dice? Gli dice: *"Dite alla giovane, sì bella e pura, che vi è una vittima in questa sventura, a cui resta solo un raggio di bene, e che perdendolo ne morirà"*.»

«Per amor di Dio, basta!» esplode Gaslini. «Basta con questi versi caramellosi e sgrammaticati! Odio Francesco Maria Piave che li ha scritti e Giuseppe Verdi che li ha musicati. Odio tutto il kitsch, la cartapesta del melodramma italiano e anche le sue melodie, dalla prima all'ultima nota!»

«Ho l'impressione, caro professore,» osserva il produttore «che lei non odi solo il melodramma, ma tutta quanta la musica.»

«E in effetti è così: la odio. D'altra parte, come si fa a non rendersi conto che la musica è uno dei mezzi più subdoli per plagiare le anime semplici?»

«Anche quella dei grandi musicisti?»

«Soprattutto quella dei grandi musicisti.»

«E io me lo sentivo!» non può fare a meno di sbottare Rosa. «La sua avversione per tutto quello che è amore, sentimento, volersi bene, non si può spiegare che in un modo: è nato a Bergamo.»

«E che c'entra Bergamo, adesso?» protesta il professore, guardandosi intorno. «Anche Donizetti è nato a Bergamo, eppure è un grande musicista e ha musicato persino *Te voglio bene assaie,* una canzone che, se non sbaglio, lei dovrebbe conoscere bene.»

«Ma allora, non le piace nemmeno Beethoven?» incalza Marchetti.

«Santa pace di Dio, e come è difficile farsi capire!» sbuffa Gaslini, chiamando il cielo a testimone. «Io non sto dicendo che non mi piace la musica in quanto musica, ma solo che la trovo pericolosa per il genere umano.»

«Beato chi lo capisce!» è il breve commento di Rosa.

«Seguitemi,» prosegue Gaslini, ormai deciso a esporre il proprio pensiero, «l'uomo è un impasto di razionalità e di emozione, di mente e di viscere, d'impronta divina e d'impulsi animaleschi. Ovviamente, sia la filosofia che la matematica guardano con sospetto il mondo delle emozioni, e questo perché il saggio non si esalta e non si abbatte, non odia e non ama, non piange e non ride...»

«... è una schifezza d'uomo» completa Rosa, interrompendolo.

«... e si sforza di non farsi condizionare dalla passione» continua imperturbabile il professore. «Tanto per dirne una, prendiamo le bande militari. Ebbene, non c'è niente di più criminale di un inno patriottico suonato da una banda militare. Da una parte ci sono gli ottoni e i tamburi, e dall'altra un migliaio di giovani che vanno a morire per la bella faccia di un gruppo di generali. Gli scozzesi, poi, non parliamone nemmeno: muoiono marciando dietro le cornamuse. In termini numerici, hanno fatto più vittime la *Marsigliese, Deutschland über Alles* e *Fratelli d'Italia* che non la malaria e il colera messi insieme.»

«Ma che c'entrano le bande militari?» trasecola Rosa. «Noi qui stiamo parlando d'amore... di poesia... di canzoni...»

«E anche le canzoni possono essere pericolose come le bande militari. Giorni fa, in tivù, hanno fatto vedere un documentario sui Beatles. Ora i Beatles, in quanto a musica giovanile, sono probabilmente i meno peggio che abbiamo visto apparire alla ribalta, eppure, anche loro hanno risvegliato l'animale che è in noi. Ho visto ragazzine quindicenni, in preda a crisi isteriche, piangere e strapparsi i capelli. Ho visto giovani deficienti dimenarsi come dervisci. Ho visto, insomma, un migliaio di individui ridursi allo stato brado.»

«Ma di quale stato brado va parlando?» lo rimbecca Rosa, alzando la voce. «Quello è istinto, voglia di vivere, voglia di fraternizzare.»

«E che cos'è l'istinto se non il residuo animale che è in noi?»

«Allora, anche Beethoven e Mozart sono animali?» chiede il produttore.

«Se paragonati a Socrate, senz'altro; basta analizzare l'impasto. In quello di Socrate c'è il cento per cento di razionalità e lo zero per cento di animalità, in quello di Beethoven, a dire tanto, un buon fifty-fifty.»

«Non per smentirla, professore,» replica ancora il produttore, che prima di buttarsi nel cinema ha avuto un passato ricco di buone letture, «ma a me risulta che anche Socrate si mise a studiare il flauto, e questo una mezz'ora prima di bere il veleno.»

«Sì, lo so benissimo, e le confesso che non ho mai creduto a quell'episodio. Platone, tra l'altro, non ne fa alcun cenno; e comunque, se anche così fosse, Socrate si mise a suonare il flauto solo per tirare su il morale degli allievi che erano venuti a trovarlo.»

Rosa, ormai, non li sente nemmeno: li avverte solo come rumore di fondo, indistinto, fastidioso. Come è possibile, si chiede, che esistano uomini come il professore? Ma sarà stato mai giovane? Avrà mai perso la testa per una donna? Avrà mai scritto una poesia d'amore? Lei, una volta ne aveva scritta una che cominciava così:

Quando ti vedo tremo,
quando tremo ti sogno,
e quando sogno ti vedo.

Purtroppo, anche questo lui, per cui aveva tremato, si era dileguato prima ancora che avesse potuto conoscerlo. Abitava nel suo stesso palazzo, in via Bisignano a Chiaia. Era uno studente di Legge. Lo incontrava spesso in ascensore, ma non ebbe mai il coraggio di attaccare discorso. Oltretutto stava solo al secondo piano e l'ascensore non faceva in tempo a partire che era già arrivato. Poi, un giorno, proprio quando si era decisa ad agganciarlo, lo vide con una valigia in mano che stava uscendo dal portone.

«Che fa, parte?» gli chiese.

«Sì, torno al paese» rispose lui.

La valigia era di cartone pressato, come quella degli emigranti. Doveva essere molto povero.

Nel frattempo, Gaslini è ancora lì che straparla.

«Una volta ad Atene, nel IV secolo avanti Cristo, ci fu un certo Ferecrate che si presentò ai giudici con le vesti stracciate e disse di essere stato violentato dalla Musica Sentimentale, per non parlare di Alcibiade che riteneva la musica una manifestazione diseducativa, indegna di un uomo libero. Era solito dire: "Lasciamo che siano i Tebani a suonare, tanto quelli non sanno conversare!".»

Più il professore blatera citazioni, e più Rosa si rifugia nei ricordi. A quindici anni si era presa una cotta per un ragazzo di Sorrento. Lui le cantava: «*Io te vurria vasà, ma 'o core nun m' 'o ddice 'e te scetà*», e lei socchiudeva gli occhi per meglio immaginarsi la scena. La vita vale la pena di essere vissuta solo perché di tanto in tanto, Dio sia lodato, ci s'innamora di qualcuno. Ma come farlo capire a chi non si è mai sentito mancare il respiro? A chi non ha mai atteso una telefonata con l'ansia nel cuore? A chi non ha mai bagnato di lacrime un cuscino? Il fatto è che, al mondo, esistono due tipi di persone, distanti fra loro miliardi di anni luce, in pratica due razze: quelle come lei, ultrasensibili, e quelle come il professor Gaslini, o come il suo ex fidanzato Ascanio, aride e prive di sentimenti.

Comunque, pensa Rosa, peggio per loro, non sanno quello che si perdono. Il suo Alberto, tanto per dirne una, non si era mai innamorato, nemmeno una volta. Glielo aveva confessato un giorno lui stesso:

«A me non mi ha mai fregato nessuno. Una sola volta mi presi una cotta per una brunetta, ma me la feci passare in quattro e quattr'otto, anche perché a quei tempi avevo altro da pensare: ero giovane, stavo senza una lira, e rimediavo solo parti da generico.»

«E chi era?»

«Era una di Vigevano. Aspetta... come si chiamava? Si chiamava... Maria Montenero... no, Mariuccia Montebianco... adesso non ricordo bene, *ma c'aveva un culo così bello ch'er regista 'a faceva recità solo de spalle.*»

«E come andò a finire?»

«Andò a finire che piaceva pure al produttore. *Allora siccome 'a brunetta co' me ce marciava, e ce marciava de brutto, un giorno lui me chiamò in disparte e me disse: "Arbé, fijo mio, lasciala sta' a quella burina che te raddoppio 'a busta". E io, siccome all'epoca c'avevo tanto, ma tanto bisogno, ce rinunciai...*»

Ora, a uno che si vende l'unica donna di cui è stato innamorato nella vita, vagli a spiegare la reincarnazione! Vallo a convincere che nel cimitero di Montmartre c'è una tomba che dovrebbe andare a visitare! Lei lo aveva addirittura implorato: non c'era nulla da fare.

«Se solo la vedi, anche da lontano,» gli aveva detto «ti accorgerai che ti succede qualcosa "dentro".»

«Dentro dove?»

«Dentro di te, nel tuo animo.»

«E che dovrebbe succedere?»

«Non so... un tremore... un aumento dei battiti del cuore.»

«*A Ro', senti che te dico: io ar cimitero nun ce vojo mette' piede manco quanno moro. Se se trattasse d'annassene a fa' 'na bella magnata a la Tur d'Argian, nu' me lo farei di' du' vorte, ma d'annà a vedé le tombe, manc'a parlanne! Nun ce penzo pe' gnente. Chemme frega a me de 'sto Dumà, de le scopate che s'è fatto e der romanzo c'ha scritto! Se me dassero i diritti d'autore che spettano all'eredi, 'o potrei pure capì: magari chiamerei 'n avvocato e farei 'na bella causa ar governo francese. Ma che je vado a di' ai giudici?* "Signori miei, qui c'è la mia sarta personale, la signorina Rosa Grieco, che dice che io sono la reincarnazione del figlio di Alessandro Dumas, ragione per cui mi dovete dare tutti i soldi della *Signora delle Camelie*, arretrati compresi"? *E quelli, o m'arestano, o me mannano ar manicomio!*»

XI
Juliette

Alberto Sanna è in taxi, si sta dirigendo di corsa verso Parigi centro. Destinazione, un ristorantino dell'Ile-de-Saint-Louis. Per incontrarsi con Cesare Lentini detto Tappo, terza C al Giulio Cesare di Roma: uno piccoletto, sempre primo della classe, che non vede più dai tempi del liceo: in pratica da quando ha interrotto gli studi per mettersi a fare l'attore.

È stato Tappo a scovarlo: saputo che stava girando un film nei pressi di Parigi, gli ha subito telefonato.

«Sono Cesare.»

«Cesare chi?»

«Cesare Lentini.»

«Lentini chi?»

«Lentini detto Tappo.»

«Tappo? Quello del Giulio Cesare?»

«Proprio lui.»

«E che ci fai a Parigi?»

«Ci lavoro, sono insegnante d'italiano. Adesso, però, non c'è più nessuno che mi chiama Tappo: mi conoscono tutti come *Monsieur Lentinì*, con l'accento sulla i.»

«E dove insegni?»

«In una specie di università popolare, che ha sede alla Sorbona. Ci vengono soprattutto persone anziane.»

«E perché proprio a Parigi?»

«Perché ho sposato una francese, una collega di lavoro.»

Superati i primi convenevoli, decidono di cenare insieme. Lentini conosce una trattoria all'Ile-de-Saint-Louis dove, a suo dire, si mangia da Dio.

«È vero che con te, a Parigi, c'è anche tua moglie?» gli chiede Tappo.

«Sì, è vero, però non esce volentieri la sera. Tu, piuttosto, come sei messo?»

«In che senso?»

«Voglio dire "a donne".»

«Te l'ho detto: sono sposato.»

«D'accordo, ma io volevo dire "donne donne".» sbuffa Sanna, che fin da quando erano ragazzi aveva sempre dubitato dell'intuito di Tappo. Conoscerai, dico io, in tutta Parigi, qualche donna presentabile? Qualche francesina allegra... frizzante.»

«Be', a essere sincero, le amiche di mia moglie non sono molto frizzanti Forse, potrei provare con una sua cugina, una certa Juliette, ma avrà sì e no venti anni.»

«E dici niente! Lo vedi che a forza di spremerti qualcosa tiri fuori?» Ora stammi a sentire: telefona a questa Juliette e dille di mettersi in pompa magna. Telefonale subito, prima che qualcun altro ci tolga la polpetta dal piatto. Il tuo problema, Tappo, è che hai sempre avuto bisogno di una spalla!»

Giunto al ristorante, Sanna chiede ai camerieri di *Monsieur Lentinì* (con l'accento sulla i), ma nessuno lo conosce. Prova anche a dire «*Il a réservé pour quatre*», ma non gli indicano nessun tavolo. «Vuoi vedere che quell'imbecille si è dimenticato di prenotare?» Non fa in tempo, però, a mandarlo mentalmente a quel paese che «l'imbecille» entra nel locale. È accompagnato da due donne: una molto graziosa, forse un po' bassina di statura, ma molto ben fatta, capelli corti alla maschietta, tipo la Valentina di Crepax tanto per intenderci. L'altra bruttina, stagionata, naso aquilino e porro sulla guancia sinistra. «Ecco la moglie» stabilisce Sanna, e ci azzecca.

«Ti ricordi» esordisce Sanna «di quella volta che abbiamo fatto pipì sotto la cattedra?»

«Veramente, sei stato tu a farla, e poi ci hanno puniti tutti: siamo rimasti a scuola due ore in più.»

«E quando siamo andati a Ostia e abbiamo fatto lo scherzo della fotografia pornografica alla professoressa di storia dell'arte... come si chiamava?»

«Si chiamava signorina Girosi, ma anche allora sei stato tu a farle lo scherzo. Il preside minacciò di espellere tutta la classe, dal primo all'ultimo, se il colpevole non si fosse costituito. Tu, però, non dicesti nulla.»

«Di cosa si tratta?» chiede la signora Lentini, pronunciando *tvatta* alla francese, con la erre moscia.

«Niente di importante» interviene il marito che, evidentemente, non giudica l'episodio degno di essere raccontato, in particolar modo a tavola. Ma Sanna, figurarsi, lo racconta lo stesso.

«Dunque, le cose sono andate così: eravamo verso la fine di maggio e stavamo a Ostia per visitare il porto romano, quando uno di noi ha proposto: "Perché non ci facciamo anche il bagno?". La professoressa di storia dell'arte fu subito d'accordo... a proposito come si chiamava?»

«Signorina Girosi» ripete Tappo, con santa rassegnazione.

«La signorina Girosi fu addirittura la prima a tuffarsi» continua Sanna «e allora, mentre lei stava nuotando, un gruppetto entrò nella sua cabina, e uno di noi...»

«Tu, per la precisione.»

«... e io mi sono fatto fotografare le parti intime, diciamo così, con la macchina fotografica della professoressa. Immaginiamoci come devono averla squadrata al laboratorio fotografico, quando la poverina andò a ritirare le copie!»

«Il preside» aggiunge Lentini «voleva farci spogliare tutti, dal primo all'ultimo, per fare il confronto.»

«E tu che rischiavi?» ridacchia Sanna, allusivo e trivialuccio. «Tanto non avresti mai potuto essere incolpato.»

Juliette ride anche lei, ma senza capire nulla: non conosce nemmeno una parola d'italiano. Chiede soccorso alla signora Lentini, che però preferisce glissare su quella reminiscenza scolastica.

«E tu cosa fai nella vita?» chiede Sanna alla ragazza.

«*Qu'est-ce que tu veux faire dans ta vie?*» traduce Lentini.

«*Moi? Je voudrais faire du cinéma.*»

«*Du cinéma?*» interviene Sanna che ha capito. «E, figlia mia bella, hai scelto proprio un momento: *cinéma, kaputt! Compris?*»

«Dommage!» sospira Juliette. «*Moi, je voudrais aller à Roma, à Cinecittà, pour connaître Mastroianni.*»

«Ti ci porto io a Roma, se vuoi. Solo che è difficile trovare lavoro come attrice. Se appena appena ci sono un paio di pose, c'è sempre un produttore o un regista che hanno già un'amichetta da sistemare. Se facessi l'aiuto-costumista o, che so io, l'aiuto-scenografa, non ci sarebbero problemi: ma come attrice è davvero difficile. Perfino io, a volte, ho qualche problema.»

«È così calato il cinema italiano?» chiede Tappo.

«Calato? Non puoi capire quanto: oggi se non sei americano non alzi una lira. Prendi ad esempio Michael Douglas, quello che ha fatto *Basic Instinct*. Ora, ti sembra possibile che uno, con una faccia insignificante come quella, possa fare un film erotico accanto a Sharon Stone? D'accordo che è il figlio di Kirk Douglas, ma datemela a me Sharon Stone e poi vi faccio io vedere come me la cucino. Tanto di cappello ai grandi vecchi di Hollywood, ai Gary Cooper, ai Cary Grant, ai Gregory Peck e ai Clark Gable, ma queste mezze cartucce di oggi... di Michael Douglas, noi, in Italia, ne possiamo sfornare una mezza dozzina, magari anche più belli. E invece che fanno i nostri? Praticamente nulla: si muoiono dalla santissima fame, e tutto questo per colpa della televisione. Che Dio la stramaledica!»

«Allora per Juliette niente?» chiede Tappo.

«Dille di venire a Neuilly, nella villa dove lavoro: chissà, forse riesco a rimediarle qualcosa.»

XII
Il sogno

«Violetta ce l'ha a morte con il Fante di Quadri» sospira Marina scuotendo il capo. Poi aggiunge: «Ma chi può essere questo Fante di Quadri?».

«Secondo me, è il professore,» risponde Rosa con sicurezza. «Quello è un figlio di puttana: è venuto a Parigi solo perché Marchetti lo ha riempito di soldi, lui, però, in cuor suo, odia *La Traviata* e tutti quelli che ne parlano bene.»

«Forse hai ragione» conviene Marina. «Guarda qua se ti dico bugie: ogni volta che esce Violetta con il Re di Picche vicino, c'è sempre lui che si mette in mezzo.»

«Secondo me quello è invidioso! L'altro giorno, Alberto era circondato da un gruppo di fans che volevano l'autografo, e lui, con la sua solita aria schifata, si è fermato a guardare e poi ha detto: "È arrivato Laurence Olivier!".»

Le sedute continuano a ritmo serrato: ormai non c'è giorno in cui la sarta e la costumista non si appartino in un angoletto del set e non tirino fuori le carte. Un minuto al massimo, il tempo necessario per mischiare, tagliare e stendere il mazzo, ed ecco Rosa entrare in contatto con la sua anima del secolo scorso.

«Chiedi a Violetta che ne pensa della festa che abbiamo girato ieri, quella dei *matadores*.»

«Non mi sembra contenta: è tutta circondata da scartine.»

«E per forza: quello, il regista, le ha fatto baciare il barone proprio davanti agli occhi di Alfredo! Ora lo sanno tutti il motivo per cui la poverina è tornata a Parigi. Una cosa, però, è farla entrare in scena sottobraccio al suo nuovo amante, e un'altra è costringerla a sbaciucchiarsi in pubblico. A questo punto è logico che Alfredo diventi una bestia. Il guaio è che tutto lo sceneggiato è stato scritto in chiave maschilista. Tra il regista che è un fetente e il professore che è una carogna, c'è una gara a chi fa più il figlio di puttana.»

«Ma tu perché non glielo hai detto?»

«A chi?»

«Al regista.»

«Che cosa?»

«Che Violetta non doveva baciare il barone.»

«E già, perché poi quello stava a sentire a me!»

«Beh, in un certo senso, tu, adesso, puoi essere considerata un'esperta. Piuttosto, dimmi una cosa: ma sei proprio sicura che Violetta torna con il barone solo per convincere Alfredo che la loro storia è finita?»

«Che scherzi?» risponde Rosa, quasi che Marina l'avesse offesa. «Io mi sono letta il libretto della *Traviata* da cima a fondo e il romanzo di Alessandro Dumas, e ti assicuro che nello sceneggiato che stiamo girando noi il ricatto non viene mai fuori.»

«Quale ricatto?»

«Quello che *Monsieur* Germont fa a Violetta quando la va a trovare nel nido d'amore. Lui non si limita a raccontarle la storia della figlia *pura siccome un angelo*, che non si può sposare per via dello scandalo, ma sotto sotto le fa capire che il figlio, se continuasse a frequentarla, verrebbe rifiutato da tutto l'ambiente che lo circonda. Ed è questo il motivo per cui Violetta lo lascia. Nel nostro film, invece, si ha l'impressione che sia incerta se continuare la sua storia d'amore o tornare a fare la bella vita a Parigi, e che Germont la convinca in tal senso.»

«Sì, sì, dev'essere proprio questo il motivo dell'irritazione,» concorda Marina «e allora sai che ti dico? È tuo dovere intervenire.»

«E come?»

«La vedi questa carta? Il quattro di Cuori? Vuol dire "Verità". In altre parole, Violetta desidera che Alfredo sappia tutta la verità, e tocca a te dirgliela. Quindi, tu adesso, tranquilla tranquilla, vai un momento da Sanna e gli racconti tutto per filo e per segno.»

«Ma se quello non mi fa nemmeno parlare! Ti ricordi come si è comportato quando l'ho portato qui per fargli fare le carte? Ebbè, adesso è diventato pure peggio. Ha detto che Alfredo è un povero imbecille, e che una come Violetta la si paga dopo ogni scopata, punto e basta, senza star lì a fare tante storie. Anzi, ora che mi ricordo, non ha nemmeno detto "storie", ha detto "stronzate".»

«E lei, Violetta, per questo è preoccupata» sospira Marina. «D'altra parte, che vuoi che ti dica: oggi gli uomini non sono più quelli di una volta, oggi dicono pane al pane e vino al vino.»

«A chi lo dici!» si sfoga Rosa. «Le femministe sono tutte contente perché, a sentire loro, hanno ottenuto la parità. Bella parità, dico io. Almeno, una volta, gli uomini si alzavano in tram, per cederci il posto. Adesso, invece, restano seduti e ci guardano con aria strafottente, quasi a dire: "L'hai voluta la parità? E allora resta in piedi che ti fa bene!". Noi per loro siamo come fazzoletti di carta: prima si soffiano il naso...»

«Il... naso?»

«Sì, e poi ci buttano nella monnezza!»

«Questo, se permetti, succede solo a te. Sei tu che ti fai trattare come un fazzoletto di carta!»

«Sì, sì,» replica Rosa «vorrei vedere te con uno come Alberto! Pensa che giorni fa ho fatto un sogno stranissimo: io stavo dietro al bancone di un negozio di ottica e vendevo gli occhiali. Anzi, facevo l'esame della vista ai clienti: avevo una bacchetta in mano e indicavo un quadro luminoso sul quale erano scritte tante lettere nere, una dietro l'altra: A, V, D, A, R, E. Nessuno però le riusciva a leggere, anche perché erano piccole piccole, tanto piccole che dentro di me pensavo: "Ma perché le hanno fatte così piccole?". Comunque, più loro non riuscivano a leggere, e più io gli aumentavo lo spessore delle lenti. Prendevo lenti che sembravano fondi di bottiglia, ma non c'era nulla da fare: le lettere non si leggevano nemmeno col cannocchiale. E se succedeva che, magari per combinazione, uno dei clienti indovinava una lettera, per esempio la D, una voce di donna proveniente dalla strada cominciava a chiamare: "Ernesto, Ernesto, vieni qui che ti debbo far vedere una cosa", e quello se ne andava. Al posto di Ernesto ne veniva un altro, e appena quest'altro indovinava una lettera, la voce subito lo chiamava: "Vittorio... Pasquale... Andrea...", e a uno a uno sparivano tutti. Alla fine è arrivato lui, Alberto, tutto allegro e baldanzoso, e non ha voluto nemmeno mettersi gli occhiali. "Io ci vedo benissimo," ha assicurato "e non ho bisogno di niente." Allora io l'ho quasi pregato: "Guarda, Alberto, che se non mi compri almeno un paio di occhiali, qua mi cacciano. Fino a questo momento non sono riuscita a vendere niente". E lui per tutta risposta lo sai che mi ha detto? Mi ha detto: "Rivolgiti a Marchetti, che quello ti compra tutto il negozio". Stavo per rispondergli, quando la voce ha cominciato il solito ritornello: "Alberto, Alberto, vieni da me che ti debbo mostrare una cosa". Allora io non ci ho visto più: sono uscita fuori, come una pazza, con l'intenzione di dire alla voce di farsi i fatti suoi, ma non ho visto nessuno: c'era solo una pezzente tutta stracciata che chiedeva l'elemosina. "Sei tu che mi distrai i clienti?" le ho chiesto. "No, no," ha risposto lei "non sono stata io, è stata la ragazza bionda... quella della birra." "Quella della birra? E che c'entra la birra?" le ho chiesto io. "Non lo so," ha detto lei"sarà un nuovo tipo di pubblicità. Tu, piuttosto, regalami qualcosa che sto morendo di fame." Io, però, soldi non ne avevo. Ho guardato nella borsetta, nelle tasche del grembiule, dappertutto, e non ho trovato niente... neanche una lira. Allora sono tornata nel negozio e ho aperto la cassa, ma anche lì soldi non ce n'erano. Che fare? Intanto lei, la pezzente, continuava a lamentarsi: "Fammi la carità, fammi la carità". Beh, a quel punto non ho resistito: ho preso un paio di occhiali dalla vetrina, quelli più cari, quelli con la montatura in oro e glieli ho regalati. Poi le ho detto: "Figlia mia bella, questi costano una tombola, cerca di venderli bene e comprati qualcosa da mangiare". Ebbè, non ci crederai: quella, come si è messa gli occhiali, ha letto tutte le lettere del quadro luminoso, dalla prima all'ultima, senza nessuna fatica. Ha detto: "Qua ci sta scritto DARE". E a questo punto mi sono svegliata.»

«Beh, il sogno mi sembra fin troppo chiaro» dice Marina. «L'umanità non è più in grado di vedere il motivo per cui si vive, nemmeno con l'aiuto degli occhiali, e la mendicante, che poi sarebbe Violetta, ce lo fa capire. Come? Leggendo DARE invece che AVERE. Perché, alla fin fine, questo è lo scopo della vita: donare noi stessi. Tu con Sanna come sei messa?»

«Malissimo.»

«Ma ne sei innamorata?»

«Non lo so, non credo: forse una volta lo ero, ma molti... moltissimi anni fa. Adesso il nostro rapporto è diventato... come dire... più familiare: è come se fossimo la stessa persona, con l'unica differenza che lui fa sempre il contrario di quello che farei io. Vorrei tanto che cambiasse, perché ovviamente gli voglio bene, ma, a essere sincera, non ho molte speranze. Sono arrivata al punto che mi sento più in sintonia con la moglie, la signora Giovanna, che con lui.»

«Ma come fai a voler bene a una persona così egoista?»

«Vedi, Marina: le persone non nascono egoiste, nascono normali, poi siamo noi a farle diventare egoiste con la nostra disponibilità. Nel caso di Alberto, per esempio, sono io la colpevole, io che l'ho sempre servito come il prete all'altare. A questo punto lui si è così abituato a fare il Re di Picche, che non è più disposto a cambiare. E lo stesso succede nello sceneggiato che stiamo girando: Violetta si sacrifica e lui che fa? Al primo litigio la tratta come una zoccola e le butta i soldi in faccia. Nel mondo del cinema, poi, le cose vanno anche peggio: già il fatto che uno faccia l'attore, diventi famoso e tutti gli chiedano l'autografo, basta e avanza per fargli perdere la testa; e allora che succede? Che si crede di essere il centro dell'Universo e che ogni cosa gli sia dovuta, mentre il bello della vita, come hai detto tu prima, non sta nell'Avere, ma nel Dare.»

«A proposito, Rosa, tu mi devi dare sessantamila lire: la seduta di oggi e quella di ieri.»

XIII
Colpo di scena

Scena numero 46. Interno giorno. Casa dei due amanti a Bougival. Salotto con divani e poltrone. Un camino acceso.Su una mensola di marmo due candelabri d'argento e alcune statuine di biscuit. Sulla destra un tavolino laccato bianco e quattro sedie anch'esse laccate, il tutto in stile Luigi XVI. Alle pareti quadri con scene di dame e cavalieri del Settecento. Tendaggi e cuscini sparsi dovunque. Sullo sfondo due ampie vetrate, al di là delle quali s'intravedono un ingresso e un giardino.

Annine, la serva di Violetta, entra in scena precedendo un signore anziano (*palandrana nera, abito grigio scuro, camicia bianca con maniche a sbuffo e colletto duro rialzato, angoli del colletto ripiegati verso il basso, cravattone nero, bastone con pomo di avorio a sottolineare l'età avanzata*). È Monsieur Germont, il padre di Alfredo.

La donna prende il cappello e il bastone dell'ospite, e, indicandogli uno dei divani, lo invita a sedersi.

«Prego si accomodi, vado a chiamare la signora.»

Germont, nell'attesa, passeggia su e giù per la stanza; è agitato, si rende conto di quanto sia difficile il suo compito: indurre una cortigiana a mollare l'uomo che la mantiene. Lui è un modesto esattore di provincia, non abituato, quindi, a frequentare personaggi della capitale. Violetta, dal canto suo, seppure amata e vezzeggiata dai nobili parigini, è pur sempre una cortigiana, una donna, cioè, abituata a concedere le proprie grazie in cambio di gioielli e di rendite cospicue. Come convincerla? Non certo con il denaro, che lui peraltro non possiede, bensì facendo appello alle sue qualità umane. Se davvero ama Alfredo, come asserisce, deve rinunciare a lui. Ma può essere generosa una donna che nella vita non ha fatto altro che dilapidare patrimoni? Questo è il problema.

Germont si siede e si rialza di scatto. I cuscini damascati, le tende di seta, i quadri con soggetti galanti alle pareti, tutto lo mette a disagio, perché tutto sa di peccato, di alcova e di lussuria. Come ha potuto suo figlio, un giovane cresciuto tra sani e rigidi princìpi, ridursi a vivere in un ambiente simile!

Ma ecco Violetta: il suo sguardo non è più quello sorridente e spensierato del primo atto, bensì quello trasognato di una donna che ama. Monsieur Germont la guarda interdetto, con ogni probabilità si aspettava un altro tipo di persona. Nel medesimo tempo, però, è fermamente deciso a non lasciarsi condizionare: lui non è Alfredo, è un uomo di altri tempi, con lui la seduzione non attacca!

«Stop, stop!» urla il regista. «*S'il vous plaît, monsieur Leblanc,* quando vede Violetta, deve fare un piccolo inchino, una cosa appena appena accennata, come se fosse incerto tra le regole della buona educazione, alle quali è abituato, e l'opinione pessima che ha di lei. Gliel'ho detto anche prima, porca puttana, ma lei se lo è già dimenticato!»

Poi, rivolgendosi a un giovanotto occhialuto, rannicchiato ai suoi piedi, ordina: «Traduci tutto, ma senza il porca puttana!».

L'occhialuto ubbidisce, sintetizzando al massimo.

«E si ricordi dell'inchino!» urla ancora il regista.

Leblanc reagisce con un gesto di stizza e con un *merde* impercettibile, sibilato tra barba e baffi, che, per fortuna di tutti, non viene sentito dal regista.

«*La Traviata* settima, scena 46, interno giorno» grida il ciacchista e Annine apre la porta a vetri per la settima volta.

Come sempre, Rosa segue le riprese dal fondo del set. Sanna si è preso un giorno di vacanza e lei è libera da impegni. A sentire lui, doveva accompagnare la moglie a Parigi per acquisti improrogabili. In realtà, Dio solo sa con chi si è andato a infrattare, dal momento che la signora Giovanna lo ha cercato in lungo e in largo per ogni dove. Se qualcuno, domani, glielo farà notare, lui, di sicuro, risponderà che, non essendo di scena, era padrone di fare quello che cavolo gli pareva, senza per questo dover dar conto a nessuno, e tanto meno alla moglie! Eppure, pensa Rosa, era indispensabile che assistesse a quella scena. Doveva sentire con le sue orecchie come il vecchio Germont costringe Violetta a tradirlo. Sì, d'accordo, lo avrà letto sulla sceneggiatura, ma una cosa è leggere un copione e un'altra è assistere di persona.

«*Mademoiselle Valéry?*» chiede Germont.

«*Sì, e voi?*» replica Violetta.

«*Di Alfredo il padre in me vedete*» risponde il vecchio.

«*Voi!*»

«*Sì,*» conferma Germont e, sempre riferendosi ad Alfredo, precisa «*dell'incauto che a ruina corre, ammaliato da voi.*»

«*Donna sono io, signore, e in mia casa: ch'io vi lasci assentite, più per voi che per me*» ribatte Violetta, apprestandosi a uscire.

«*Quali modi!*» dice tra sé e sé Germont, quindi aggiunge un timido: «*Eppure...*».

«*Tratto in error voi foste*» lo avvisa lei, fermandosi sull'uscio della camera da letto.

«*... Dei suoi beni, egli dono vuol farvi*» precisa Germont.

«*Non l'osò finora*» nega Violetta. «*Rifiuterei!*»

Il battibecco prosegue in un crescendo di battute sempre più astiose, finché Germont non cambia tono e, aprendo il suo cuore a Violetta, la informa che ha anche una figlia, *"pura siccome un angelo"*, la quale non riesce a trovar marito proprio a causa sua. Il fidanzato della ragazza, infatti, a seguito di quella relazione scandalosa, *or si ricusa al vincolo*, ovvero si rifiuta di portarla all'altare, a meno che Alfredo non desista dal convivere con una prostituta.

«E a noi che ce ne importa se non si sposa!» non può fare a meno di mormorare Rosa. «E poi la voglio proprio vedere questa *pura siccome un angelo*! Io le conosco fin troppo bene le gatte morte: sono una peggio dell'altra!»

Lei, molti anni fa, quando frequentava ancora le magistrali, per una così, *pura siccome un angelo*, era andata incontro alla sua prima delusione amorosa. C'era un ragazzino, un certo Federico Nucci, che le piaceva moltissimo, del quale, però, era innamorata anche la sua più cara amica, Carla Contini, soprannominata, per l'appunto, Faccia d'Angelo. Che fare? A chi rinunziare? A Federico o a Carla? In nome dell'amicizia optò per la prima soluzione e lei, per tutta riconoscenza, prima se lo spupazzò ben bene, poi lo mollò per uno più vecchio che già andava all'università. Altro che faccia d'angelo! Era una zoccola punto e basta, come del resto tutte le biondine slavate con gli occhi celesti!

Violetta nel frattempo è naufragata in un mare di lacrime e l'anziano signore, che, detto tra noi, non è poi così carogna come sembrava all'inizio, cerca di consolarla. Ha capito, infatti, di trovarsi di fronte a un vero e proprio dramma d'amore ed è incerto se arrendersi ai sentimenti o proseguire nella sua strategia. Alla fine, però, la spunta il senso del dovere e tanto insiste, tanto predica, tanto ricatta, che la giovane si arrende.

Violetta, tra un acuto e un do di petto, abbassa gli occhi e dice:

Dite alla giovane, sì bella e pura,
ch'avvi una vittima della sventura,
cui resta un unico raggio di bene...
che a lei sacrifica, e che ne morrà!

Sennonché, accade un fatto incredibile: proprio nell'attimo in cui il soprano attacca la celebre aria *Amami Alfredo*, dal fondo del set si fa avanti Rosa: ha il viso rigato di lacrime e lo sguardo fisso nel vuoto. A vederla avanzare così meccanicamente, la si sarebbe potuta scambiare per uno zombi del film *La notte dei morti vi-*

venti. La poverina punta diritto verso Violetta, e prima ancora che qualcuno possa bloccarla, la prende per le spalle e le dà uno scrollone fortissimo, quasi volesse destarla da un sonno ipnotico.

«No, no, no,» le grida piangendo «non devi sacrificarti! La vita è una sola e la devi vivere fino alla fine! La tua, poi, è così breve, figlia mia bella, che non te la puoi rovinare per una che nemmeno conosci. *Fottatenne 'e tutte quante:* non lasciare Alfredo per nessuna ragione. Che te ne importa a te se quella stronza non si sposa? Vivi la tua vita, vivi, vivi...»

Al terzo «vivi» crolla per terra, come folgorata, tra la costernazione dei presenti. Mai si era visto, a memoria di cinematografaro, una persona non autorizzata entrare volutamente in campo. E tutto perché Rosa si è a tal punto calata nel dramma da scambiare per realtà la finzione scenica. Lo stesso regista è ammutolito: non crede ai propri occhi, si scorda perfino di dare lo stop e di dire: «Porca puttana». Immediatamente, un vasto brusio di commenti si leva dal set.

«Rosa è uscita pazza!»

«Ha una crisi isterica!»

«Io già l'avevo vista strana stamattina.»

«A me, quella, non me l'ha mai contata giusta!»

«Oggi fa troppo caldo.»

«Chiamate un medico!»

Difatti, di lì a poco, ecco arrivare il medico. Diagnosi al volo: «*Episodio lipotimico da imputare a presumibile blocco atrio-ventricolare*». Detto in altre parole: un mezzo infarto.

Quella sera stessa Rosa viene ricoverata all'Hôpital Américain di Neuilly per gli accertamenti del caso: Marchetti, grazie alla raccomandazione di un amico che ha presso l'ambasciata Usa, le prende una camera a pagamento con secondo lettino per un familiare: in mancanza di parenti, le mette accanto Barbara.

Rosa ora è tranquilla: in pratica non ricorda nulla di quello che ha fatto. Un bel dottorino dai capelli ricci le misura la pressione e subito dopo le applica un *holter* in modo da avere un elettrocardiogramma continuo.

Alberto Sanna la va a trovare. Malgrado la sua allergia per gli ospedali, si siede accanto al letto e ci resta per più di mezz'ora. Si fa anche portare dal bar un doppio whisky per tirarsi su di morale. Rosa gliene sarà sempre grata.

«Io lo so,» pensa compiaciuta «lui sotto sotto mi vuole bene.»

Gli ordini del dottorino sono tassativi: «Essendo subentrata un'ischemia cardiaca, riposo assoluto per almeno sei giorni». Rosa potrebbe tornare a Roma, dal momento che lo sceneggiato è pressoché finito, ma nelle sue condizioni, dicono i medici, il viaggio in treno sarebbe troppo faticoso. Quanto all'aereo, poi, manco a parlarne: non lo prende quando sta bene, figuriamoci adesso! Nel frattempo legge *Manon Lescaut* di Prévost, il libro preferito da Margherita Gautier e Armando Duval: è la storia di una donna «fedele nell'anima ma non nel corpo», che finisce con l'essere deportata in America insieme ad altre poco di buono. Rosa legge e si commuove: anche lei, come la protagonista del romanzo, ha la sensazione di vivere una vita intessuta «di brevi gioie e di lunghi dolori».

XIV
Il paradosso dell'attore

Il giorno dopo l'incidente, sul set della *Traviata* fervono i commenti: tutti, man mano che arrivano, deplorano le condizioni in cui Rosa è stata costretta a lavorare. Gira e rigira, gli argomenti sono quelli di sempre: innanzitutto lo stress, poi il sindacato dello spettacolo che non protegge i suoi iscritti, poi gli straordinari che non si dovrebbero fare e che invece si fanno, quindi il girare per troppo tempo fuori sede, e infine il «cestino» che non è più quello di una volta.

«Questo di Parigi fa schifo,» sentenzia Anima Nera con una smorfia di disgusto «tant'è vero che mi resta sempre sullo stomaco.»

«Mettici pure il carattere di Rosa che, detto fra noi, è una mezza pazza,» gli fa eco Mario «e poi capisci come accadono certe cose.»

«Vi ricordate di quando svenne davanti a Gassman?» chiede il ciacchista. «Ebbene, pure quella volta lì si trattava solo di uno scherzo, e lei, invece, ne fece *'na tragedia greca*. Il guaio è che Rosa prende tutto troppo sul serio.»

«Sì, però, pure voi, benedetti ragazzi,» protesta il direttore della fotografia «vi accanite sempre con quella povera disgraziata!»

«Io? E io che c'entro?» risponde Anima Nera, alzando il palmo della mano in aria come a voler testimoniare la propria innocenza. «Quella fu tutta opera *der Truccarolo. V' 'ò ricordate er Truccarolo? Lui prima faceva l'imitatore alla Sala Umberto, e, tra le tante voci che sapeva fa', c'era puro quella de Gassman. Un giorno stavamo sur set de... adesso nun me ricordo più er titolo der film... quanno, tanto pe' fa' 'na cosa, disse: "Mò telefono a Rosa e je dico che so' Gassman, e che me la vorrei pijà pe' sarta personale".*»

«E lei ci cascò?»

«Come una pera cotta. Io stavo accanto a lui mentre le telefonava e lo sentii dire: "Signorina Rosa, ieri ho fatto una capatina al Quattro e l'ho vista mentre stirava gli abiti di Sanna. Allora ho capito che ci avrei bisogno pure io di una sarta come lei". "Ma cosa dice mai?" rispose Rosa tutta emozionata. "Lei ha già Carmen che è così brava! Che se ne fa di una come me?"»

«E lui che disse?»

«Tante cose. Ogni giorno se ne inventava una. "Sono Vittorio Gassman" *je diceva.* "Ha pensato alla mia proposta?" Poi, una sera le confessò che il suo interesse non si limitava solo ad avere una nuova sarta, ma che c'era *quarche cosetta de più. "Come sarebbe a dì, quarche cosetta de più?"* chiese Rosa che non poteva mai *immaginà de piacé* a uno importante come Gassman. "Nel senso" rispose *er Truccarolo* "che lei mi ricorda il primo amore." "Il suo primo amore!?" "Sì, una ragazza che si chiamava Stefania, che ho molto amato quand'ero ancora studente e che aveva sedici anni. Morì in un incidente d'auto." *E giù tutta 'na storia strappalacrime.*»

«E Rosa che fece? Ci andò da Gassman?»

«In un primo momento si rifiutò: disse che era molto lusingata, ma che non se la sentiva di piantare Sanna da un giorno all'altro. "Poi, a parte Sanna," disse "non mi sembra un'azione molto bella nei confronti di una collega, e cioè di Carmen."»

«Però, come scherzo, non mi sembra un granché» commenta uno dei fonici.

«*Perché nun sai com'annò a finì: er finto Gassman un giorno je disse*: "Senta, signorina Rosa, mi venga a trovare in camerino, io sono al Cinque, e se le riesce, mi porti pure un mazzetto di fiori di campo. Erano i fiori preferiti da Stefania". Allora Rosa uscì da Cinecittà e andò a comprare i fiori di campo. Poi si presentò da Vittorio Gassman, quello vero, tutta emozionata con il mazzetto in mano. Bussò alla porta e lui le disse: "Avanti". Lei entrò e gli chiese: "Erano questi i fiori di Stefania?".»

«E allora?»

«E allora, niente: all'inizio Gassman la prese per una delle tante ammiratrici che girano per i vialetti di Cinecittà in cerca di autografi, e per mandarla via le voleva dare per forza una foto con dedica. Lei, invece, continuava col dire che si sentiva molto onorata, ma che non poteva assolutamente soddisfare i suoi desideri. "Quali desideri?" chiese Gassman, più meravigliato che mai. E lei: "Quelli che mi ha detto l'altro giorno per telefono". *Insomma 'na cosa da pisciasse sotto da 'e risate.* Basta: a un certo punto Rosa si rese conto che era stata messa in mezzo, e cadde svenuta, lunga distesa per terra.»

«Come ieri?»

«Proprio come ieri.»

Più preoccupato di tutti, comunque, resta Alberto Sanna: gira per il set come un'anima in pena, come se il malore lo avesse avuto lui e non la povera Rosa. La sera dell'incidente aveva cercato disperatamente di mettersi in contatto con il cavalier Marchetti, poi, di sua iniziativa, aveva convocato una nuova sarta, una ragazza francese.

«È arivata 'sta mattina alle sette in punto» commenta Anima Nera. *«Ma, dico io: come ha fatto a sape' che c'avevamo bisogno de' 'na sarta?»*

«L'ha chiamata Sanna, ieri sera, per telefono» dice Mario.

«Ieri sera? Mentre l'autoambulanza se portava via Rosa?» si meraviglia giustamente Anima Nera. *«Ma che me stai a dì: che quella pe' poco nun ce lasciava 'a pelle e lui già stava a chiamà 'a sostituta?»*

«E pe' 'sti pochi giorni nun se poteva arrangià co' Elvira?» chiede un altro. Elvira è la sarta della troupe.

«Ha detto che per lui Rosa non è una sarta, è un'assistente globale» precisa Mario, come sempre informatissimo. *«Elvira invece sa solo stirà e attaccà bottoni.»*

Il problema della sostituzione di Rosa ritorna in ballo quella sera stessa, al ristorante, subito dopo cena. Oltre Sanna, sono seduti intorno a un tavolo anche il produttore Marchetti, il professor Gaslini e il regista.

«Renzo,» comincia a dire Sanna rivolgendosi a Marchetti «qui bisogna risolvere il problema Grieco.»

«In che senso?»

«La povera donna è crollata perché non ce la faceva più a reggere i ritmi di lavoro. Insomma, diciamo le cose come stanno, qua, sul set, è un massacro.»

«Sì, il massacro di Fort Apache! Ma di quale massacro stai parlando?» lo apostrofa il produttore. «A me, l'incidente Grieco mi è parso più un fatto mentale che fisico. Che la troupe, poi, si stia massacrando è tutto da dimostrare. Ma che vogliono di più dalla vita: stanno a Parigi, bevono *beaujolais* dalla mattina alla sera, il sabato e la domenica sera se ne vanno a passeggiare agli Champs Élysées, e protestano pure! Allora dimmi, secondo te: se questo è massacro, cos'è quello che sta a fa' Salvatores in Tanzania!»

«A volte Parigi può essere più dura della giungla,» obietta il professore «specialmente quando quelli della troupe sono più feroci dei leoni.»

«Sì, però adesso non esageriamo: Rosa ha solo bisogno di una settimana di riposo. Anche due se me lo prescrivono i medici. Io, poi, lo sapete come sono fatto: per la salute dei miei non bado a spese. L'ho sistemata in una camera a pagamento e le ho messo vicino la sua ex compagna d'albergo. Più di questo non potevo fare.»

«Io vorrei che le dessi anche un premio,» suggerisce Sanna «magari una piccola somma di denaro. A meno che non vogliamo fare una colletta noi della troupe, però ho paura che sia troppo umiliante. L'importante, insomma, è che la povera Rosa si senta gratificata da un riconoscimento... che so io... una targa... un oggetto ricordo... un vassoio d'argento... insomma una cosa con la data del film...»

«Senti Alberto, credimi: lei adesso è sotto sedativi. Ma io Rosa la conosco bene: si riprenderà quando meno te l'aspetti, e in autunno, quando gireremo *Viaggio in un amore senza fine,* ti starà vicina ancora più di prima.»

«Ed è appunto di questo che ti volevo parlare» lo interrompe Sanna, ponendogli una mano sul braccio. «Io penso che Rosa abbia bisogno di un riposo più lungo, magari di un anno: se lo merita. Anche per questo la sommetta che le dobbiamo dare dovrebbe essere alquanto consistente. Per quanto riguarda, invece, il prossimo film non ti devi preoccupare: ho conosciuto, qui a Parigi, una ragazza francese davvero eccezionale.»

«Un'assistente globale» insinua il professore.

«Proprio così: globale» conferma Sanna. «È un tantinello più giovane di Rosa, però è piena di energia. Ora, tu lo sai come vanno queste cose: circondarsi di giovani tira sempre su il morale, e a me, per esempio, mi fa rendere il doppio.»

«Lo sosteneva anche Plutarco» cita il professore. «"L'amore pedagogico esalta lo spirito!"»

«Eccolo qua!» esclama Sanna. «A me per questo piace il professore: riesce sempre a trovare una spiegazione importante.»

«Più propriamente: un alibi culturale» precisa il professore. «Come dire una citazione, apparentemente rispettabile, che però è in grado di giustificare il licenziamento di una povera disgraziata.»

«No, questo no: nessuno vuole licenziare Rosa» protesta Sanna, quasi offeso che Gaslini abbia potuto pensare che lui si volesse liberare della sarta. «Io cerco solo di farle avere un periodo di riposo più lungo, magari sei mesi, un anno, e tutto retribuito. Una cosa, insomma, come la cassa integrazione...»

«Tanto poi c'è la sarta francese che è già pronta a sostituirla» ricorda Gaslini.

«*E daje co' 'sta sarta francese!*» sbotta Sanna. «Se l'ho nominata è stato solo per dire che, a volte, sui set, bisogna pure farsi una risata. No?»

«Perché,» insiste Gaslini, sempre più ironico «lei ride solo con le francesi?»

«Certo che rido con le francesi» ammette Sanna, piccato, «specialmente quando non hanno le crisi isteriche come le ha Rosa, un giorno sì e l'altro pure.»

«Sì, però adesso non litigate» interviene Marchetti, cercando di fare da paciere. «Per il prossimo film c'è tempo: sentiremo i medici di Parigi e quelli di Roma. Se

Rosa avrà bisogno di un periodo di riposo più lungo, non sarò certo io a negarglielo; e faremo in modo che non le manchi niente durante la convalescenza. Per quanto riguarda, invece, il morale della troupe, ci sono tanti mezzi per rianimarlo: per esempio, scritturando due o tre comparse carine.»

«Più conosco il cinema e più ammiro Diderot» dice a questo punto Gaslini.

«Diderot? Quale Diderot? Che ha fatto?» chiede Sanna, convinto che sia un attore.

«Ha scritto un saggio intitolato *Il paradosso dell'attore*. Glielo debbo regalare.»

«E cosa dice?»

«Dice che lei è un grandissimo attore.»

«Davvero? E che cosa scrive di me, in particolare?»

«Di lei, come persona, niente, anche perché disgraziatamente è morto duecento anni fa; però è come se l'avesse conosciuto. Sostiene, infatti, che la bravura di un attore è inversamente proporzionale alla sua sensibilità.»

«Sarebbe a dire?»

«Guardi, glielo cito a memoria» precisa Gaslini, inspessendo la voce: «"Se l'attore fosse davvero una persona sensibile, non potrebbe mai interpretare due volte di seguito la medesima parte, quantomeno con lo stesso calore e lo stesso entusiasmo. Pieno di slancio, quindi, alla prima. Fiacco e tiepido alla terza." Ergo, per essere bravi, non bisogna essere sensibili!».

«E qui si sbaglia» lo contraddice Sanna, che, in verità, non è che ci abbia capito molto del paradosso di Diderot. «Perché io, e questo lo sanno tutti, più recito e più divento sensibile: vado, infatti, meglio al terzo ciac che al primo. E qui c'è Marchetti che glielo può confermare.»

«Ed è proprio quello che dice Diderot» lo rassicura il professore. «Lei, più ciac fa, e più diventa bravo.»

«Sì, però, adesso, che c'entra Diderot con Rosa?»

XV
La «cosa»

«E ha chiesto di me?»

«Certo che ha chiesto di te» la tranquillizza Barbara, mentendo spudoratamente. «Mi chiede sempre: "E Rosa come sta?", e poi aggiunge: "Dille che mi manca tanto e che deve guarire al più presto perché qui, senza di lei, non funziona proprio niente".»

«Ha detto proprio così?»

«Te lo giuro. Ha detto: "Io senza Rosa non riesco a lavorare".»

«Poverino, quello veramente senza di me si sente perso. Dipendesse solo da me, io tornerei subito a lavorare. Ma sono questi dell'ospedale che non mi vogliono fare uscire. Adesso hanno detto che mi debbono fare altre analisi! Guarda qua se dico bugie.»

E così dicendo le mostra un elenco di analisi da fare: ecografiche, radiologiche ed ematochimiche.

«E le pasticche per la pressione?» chiede Barbara. «Te le prendi le pasticche?»

«Quella della mattina sempre; quella della sera, invece, certe volte me la dimentico. Se non viene il dottorino a ricordarmela, mi passa di mente. Barbarella mia, qua è un mortorio. A leggere mi stanco subito, mi viene il mal di testa. Ci sarebbe la televisione, però è francese e io non la capisco. Solo ieri mi è piaciuta, perché hanno dato *Carosello napoletano* in lingua originale con i sottotitoli in francese. E quant'era bello! A proposito, ieri è venuta a trovarmi anche Marina. Mi ha fatto le carte e mi ha portato un libro sulla reincarnazione. Eccolo qua, guarda quant'è bello: è intitolato *La vita oltre la vita*. Io l'ho pure cominciato, però poi mi sono fermata perché, detto fra noi, l'ho trovato un poco scocciante.»

Barbara sorride: a lei della vita oltre la vita non importa proprio un bel nulla. Ha già tanti problemi con questa vita qui, figuriamoci adesso se può mettersi a pensare pure a un'altra vita o, peggio ancora, a una vita vissuta più di cento anni fa! Rosa, comunque, la trova molto migliorata: ha riacquistato il suo colorito di sempre, e poi s'illumina ogni volta che sente qualcuno parlare di Alberto Sanna. Il quale, naturalmente, non l'ha mai nominata. D'altra parte, perché dirglielo? Le bugie servono pure a questo: a far felici gli altri con poca spesa.

«E le carte che ti dicono sulla salute?»

«Che non mi debbo preoccupare. Il cuore sta male, non perché ho la pressione alta, ma perché io e Alfredo ci siamo lasciati. Quando però si girerà la scena della rappacificazione, tutto tornerà come prima.»

«Ma non l'abbiamo già girata? Intendo dire, quella dove poi Violetta muore?»

«Sì, però resta ancora da girare la prima parte, quella dove Alfredo arriva dall'estero, e dove ci sei tu che lo annunzi a Violetta.»

«Rosa, toglimi una curiosità,» chiede Barbara, abbassando la voce, quasi che qualcuno la potesse sentire «ma con te Sanna ci ha mai provato?»

La sarta lì per lì non risponde, poi tira fuori un «insomma» diplomatico.

«Nemmeno nei primi tempi?» insiste Barbara.

«Beh, in verità, una "cosa" ci fu...»

«Una "cosa"? Che cosa?»

«Barbarella mia,» risponde Rosa alquanto riluttante «che vuoi che ti dica: è passato tanto di quel tempo, ma tanto, che ora, a essere sincera, non me la ricordo nemmeno bene. Pensa che a settembre saranno nove anni.»

«Sì, ma su per giù che è successo?»

Rosa tace: non ha ancora deciso se confidarsi o meno. Lei, in effetti, la «cosa» non l'ha mai raccontata a nessuno. Chissà perché. Forse per pudore, o forse solo per non soffrire. Tutto questo, poi, sempre ammettendo che la «cosa» sia accaduta sul serio e che non sia un parto della sua immaginazione.

«Hai sonno?» chiede Barbara.

«Veramente no.»

«E allora racconta.»

Rosa spegne la luce e fa una lunghissima pausa. Se proprio deve raccontare, preferisce che nessuno la veda. Barbara, dal canto suo, ha capito che il momento è critico e non la spinge più di tanto: sa che basta aspettare perché la sarta si decida a parlare. Il silenzio è totale: sono quasi le due di notte e nell'ospedale non c'è più nessun rumore a eccezione di un leggerissimo ronzio, dovuto, forse, al neon dei corridoi. Rosa comincia con un «Stavamo girando *Ti amerò per sempre...*» per poi tacere di nuovo. La pausa, però, questa volta è molto più breve.

«Faceva un caldo terribile e stavamo dalle parti di Maratea, a Praia a Mare per la precisione. A un certo punto arrivò un gruppo di guaglioncelle di un villaggio turistico... le solite, sai, quelle che sono sempre a caccia di autografi e che vanno in giro con certe minigonne così corte che non coprono nemmeno le mutande. Tutte zoccole, dico io, e ho ragione. Basta, a una di queste Alberto dice: "Se vuoi ti do anche la fotografia con la dedica. Qui adesso, però, non ce l'ho. Torna questa sera alle otto che te ne do una formato gigante. Mi troverai nella roulotte". Io sentii tutto e avrei voluto metterlo in guardia, avrei voluto dirgli: "Bada Alberto che questa è gente pericolosa. Quella, la ragazza, è minorenne. Puoi passare un guaio!". Ma Alberto, lo sai come è fatto: è *capa tosta*! Lui è nato maschio e quando vede le cosce non capisce più niente. È vittima della sua stessa virilità!»

«Ma quale virilità d'Egitto!» non può fare a meno di protestare Barbara. «È solo un vecchio porco.»

«No, ti sbagli, non è un porco: sono le donne che gli si buttano addosso, e so io quello che passo per tenerle lontano. D'altra parte il poverino che può fare: si adegua. Poi, lo sai come si dice: "L'uomo non è di legno". Basta, alle otto di sera, puntuale, si presenta la zoccolella. Ebbè, avresti dovuto vederla! Aveva uno di quei tubini che si portano oggi... tutti aderenti, che come una si muove subito si arricciano e le scoprono le gambe. Alberto se la porta nella roulotte e comincia a farla bere. Io sto fuori e sento tutto: il frigorifero che si apre, il tappo dello spumante, perfino il tintinnio dei bicchieri. "Bevi che ti fa bene" dice lui, e la zoccolella beve. Basta... dopo una mezz'oretta che stanno lì a fare chissà che cosa, comincio a sentire delle urla incredibili: è lei che lo sta prendendo a male parole: "Levami le mani di dosso, fetente che non sei altro, lo vuoi capire o no che sei vecchio, che mi fai schifo?". A quel punto io avrei voluto risponderle: "E tu, brutta zozza, perché sei entrata nella roulotte a *sfrocoliare la mazzarella di san Giuseppe*? Eh?", ma non potevo farlo per ovvi motivi. Basta, dopo qualche altro minuto di strilli e sballottamenti, quasi che si stessero a prendere a mazzate, la porta della roulotte si apre di colpo e ne esce fuori la zoccolella con tutto il tubino strappato. Doveva essere anche ubriaca perché continuava a gridare: "Mi fai schifo, mi fai schifo!", senza nessun rispetto per un uomo che poi, non ce lo dimentichiamo, è sempre uno dei più grandi attori del cinema italiano. Basta, passa ancora qualche minuto ed esce anche lui: sta in mutande e piange. Si siede sul predellino più basso della roulotte e comincia a lamentarsi: "Ormai sono vecchio... nessuno vuole fare più l'amore con me. Voglio morire... Voglio morire subito!". Va bene che era ubriaco, ma ti giuro che faceva veramente pena. Ma tu guarda, dico io, se uno può ridursi in questo stato, e tutto per colpa di una sciacquetta da quattro soldi! Basta, con santa pazienza, lo prendo e lo porto dentro la roulotte, lo svesto da capo a piedi e lo metto a letto. Ora, non ci crederai, ma quando lo andai a spogliare mi accorsi che stava ancora... come dire...»

«In erezione?»

«Sì, insomma, mi hai capito: stava tutto ringalluzzito. Allora io faccio per coprirlo col lenzuolo, quando lui, di punto in bianco, come una piovra, mi prende per il collo, e sempre gridando: "Patrizia, Patrizia, non mi lasciare", mi trascina sul letto. Ora, mettiti nei miei panni: che potevo fa'? Se mi rifiutavo, correvo il rischio di creargli un turbamento psichico. Già era avvilito perché la zoccolella non lo aveva voluto, se pure io... mi fossi difesa... Basta, non ho fatto resistenza.»

«E faceste l'amore?»

«Sì, e non puoi immaginarti com'era affettuoso: mi sussurrò parole dolcissime, come "anima mia", "non mi lasciare", "stringiti forte forte a me" e altre frasettine del genere...»

«E ti chiamava sempre Patrizia?»

«Sì, e questo, te lo giuro, mi dava fastidio. Però che serata indimenticabile! Basta, la mattina dopo ero convinta che la mia vita sarebbe cambiata da così a così. Vado alle sei e mezzo a casa di un'amica mia che faceva la parrucchiera perché aprisse il salone un'ora prima. Volevo farmi una messa in piega e diventare più bella possibile. Adesso che mi ricordo, mi misi pure un vestitino di seta che avevo comprato per la prima comunione di una mia nipotina. Basta, una volta vestita e truccata, mi presento sul set come meglio non avrei potuto. Lui arriva come al solito con la macchina della produzione, scende e non mi guarda nemmeno in faccia. Lì per lì non mi preoccupo: evidentemente non vuole che la troupe si accorga di niente, e poi la mattina presto è sempre stato scorbutico. Quando però restiamo soli, nella roulotte, e io gli dico: "Alberto, ieri sera è stato molto bello!", lui tomo tomo mi chiede: "Che cosa è stato bello?". "Quello che abbiamo fatto" preciso io. E lui di rimando: "E che cosa abbiamo fatto?". Basta, non si ricordava più di niente, ma proprio niente di niente. Un giorno non ce l'ho fatta più e gliel'ho detto chiaro e tondo: "Albé, io e te, una volta, abbiamo fatto l'amore". E lui lo sai che cosa mi ha risposto? "Te lo devi essere sognato." Oramai, Barbarella mia, me lo ha ripetuto tante di quelle volte, che pure io comincio a credere che me lo sono sognato!»

«Forse è meglio così» è il commento di Barbara. «Non sarebbe mai stato l'uomo giusto per te: troppo egoista e troppo puttaniere!»

«Sì, però, io quella sera non me la potrò mai togliere dalla mente: dopo aver fatto l'amore mi carezzava i capelli...»

«E ti chiamava Patrizia?»

«*E dalli co' 'sta Patrizia!*» si spazientisce Rosa. «Lui è sempre stato così, si è sempre confuso con i nomi, però sotto sotto mi vuole bene, ne sono sicura. A proposito, cosa ti ha detto di dirmi?»

«Che gli manchi tanto, ma proprio tanto, e che devi guarire al più presto, perché senza di te si sente perso.»

XVI
Il dottorino

Certo che il dottorino non è affatto male: è gentile, elegante e ha le ciglia lunghissime. Se non fosse per i capelli un po' troppo ricci, lo si potrebbe paragonare ad Alain Delon. A guardarlo bene, riflette Rosa, somiglia a quell'attore italiano degli anni Quaranta... quello dei telefoni bianchi... come si chiamava... ah sì: Leonardo Cortese. Sua madre, un giorno era andata a Cinecittà, prima della guerra, per vederlo di persona, e lui le aveva regalato una foto con dedica.

Il dottor François Maurier (è così che si chiama) viene due volte al giorno a visitarla: la mattina, sul presto, quando lei non ha ancora fatto colazione, e la sera, verso le sette, sette e mezzo. A Rosa piace soprattutto la seconda visita: la trova più confidenziale, più intima. Lui entra senza bussare e le rivolge uno sbrigativo *comment allez-vous*, quindi con gesto sicuro, ma gentile, le scopre il seno e le appoggia sotto la mammella sinistra il fonendoscopio. Prima le controlla il cuore, poi le basi polmonari. Il momento più emozionante è quando le palpa l'addome. La pressione della mano all'inizio è leggerissima, quasi una carezza, per poi diventare sempre più insistente non appena trova il fegato. L'unica cosa che sinceramente le dà fastidio è quando lui chiede all'infermiera di mostrargli le urine.

«Perché non le buttano?» chiede Rosa, ma nessuno le risponde.

In fondo, osserva Rosa, anche Alphonsine Plessis aveva avuto una relazione in clinica: quella con Koreff, il medico mondano. Solo che Koreff era un vecchio maniaco che plagiava le clienti più facoltose, mentre il suo François Maurier è un giovane laureato, appena trentenne, che non irretirebbe mai nessuno.

Certo, sarebbe stato bello iniziare una grande storia d'amore con un parigino autentico, e per di più dottore. Lei avrebbe imparato il francese e lui l'italiano. Poi un giorno si sarebbero presentati sul set, mano nella mano, e tutta la troupe li avrebbe festeggiati.

«Ma è vero che vi sposate?»

«Sì, sabato prossimo a Notre-Dame.»

«E lui quanti anni ha?»

«Un po' meno di me, ma mi ama moltissimo: non passa giorno che non mi faccia una carezza.»

«Dove andate in viaggio di nozze?»

«A Rio de Janeiro, in Brasile.»

«E con Sanna come la metti?»

«Beh, che vuoi che ti dica: dovrà fare a meno di me per almeno due mesi.»

«Oddio, per lui sarà un dramma.»

«Sì, lo so. D'altra parte non può pretendere che io rinunzi al mio viaggio di nozze, solo perché lui non riesce a vestirsi da solo la mattina.»

A Rio avrebbero fatto l'amore sulla spiaggia di Copacabana, in una notte senza luna, e subito dopo il bagno nudi. Ma proprio quando sta per finire la loro luna di miele, ecco che un terribile terremoto devasta la regione. Ottavo grado della scala Mercalli. Migliaia e migliaia di morti e feriti dovunque. Tutte le vecchie *favelas* rase al suolo, dalla prima all'ultima.

«Cara,» le dice François «non posso più partire: qui, negli ospedali, hanno bisogno di me. Tu torna pure in Francia. Va' a finire il tuo lavoro. Io ti raggiungerò appena possibile.»

«No, resto anch'io: Sanna capirà.»

E da quel momento avrebbe fatto la crocerossina, come Jennifer Jones in *Addio alle armi*. Un camice bianco, semplicissimo, e una cuffia tipo suora con una crocettina rossa in mezzo alla fronte. Eccola scavare tra le macerie di una catapecchia. Vede prima un braccio, poi una gamba, poi due occhi azzurri terrorizzati e pieni di lacrime: è un bambino brasiliano di soli quattro anni. È solo ferito. I suoi genitori, invece, sono morti entrambi.

«François, tesoro, perché non lo adottiamo?»

«*Oui, mon amour:* sarà il nostro primo figlio.»

Parte la musica; magari il preludio della *Traviata*.

È bello fantasticare, e a Rosa piace stare a letto e «fare» la malata. Anche quando era bambina non vedeva l'ora di prendersi un malanno. Non appena aveva qualche linea di febbre, tutti in famiglia la sommergevano di affetto e premure. Il padre, quasi sempre scorbutico e di poche parole, le premeva la guancia sulla fronte per controllarle la temperatura. La madre le preparava il brodo e il pollo lesso. Persino il fratello minore, almeno per un giorno, evitava di farle dispetti. Solo «facendo» la malata, in pratica, poteva scippare un bacino in più ai genitori. La febbre, però, doveva essere almeno a trentotto, altrimenti addio coccole e brodo di pollo, e lei, proprio per questo, faceva di tutto perché fosse più alta possibile, compreso il trucco di accostare l'estremità del termometro a una lampadina accesa.

Si sentono dei passi nel corridoio: è Barbara.

«Ciao Rosa, come stai?» le dice, sfilandosi le scarpe e scaraventandole nei due angoli opposti della stanza.

«Sto bene: così bene che vorrei andarmene in questo stesso momento.»

«Ma se ieri mi dicevi che il dottore ti era simpatico!»

«Che c'entra» si schermisce Rosa. «Il dottorino mi è simpatico, ma il cinema è sempre il cinema. E poi ho voglia di tornare a lavorare... di rivedere la troupe... Insomma, mi mancano tutti.»

«Anche il professore?»

«Perfino il professore.»

«Lo sai che cos'ha fatto oggi?»

«No, che ha fatto?»

«Una litigata che non ti dico con il regista. Urla, strepiti, un casino infernale. Stavamo girando la fine del primo atto, la scena dove Violetta canta: "*Sempre libera degg'io*".»

«La conosco benissimo: è quella dove si sente Alfredo cantare fuori campo: "*A quell'amor ch'è palpito dell'universo intero, misterioso, altero, croce e delizia al cor...*".»

«Sì, però adesso non mi cantare tutta *La Traviata*» l'interrompe Barbara. «Dunque, come ti stavo dicendo, il regista voleva riprendere Sanna dall'alto di un balcone, mentre finge di cantare, e il professore diceva che non bisognava assolutamente riprenderlo in quella scena.»

«Perché?»

«Perché, secondo lui, il tenore nel finale del primo atto non si deve vedere. Quella che si sente, sempre secondo lui, non è la voce di Alfredo, ma la voce della coscienza di Violetta che si dibatte fra il Bene e il Male.»

«Beh, tu lo sai quanto mi sta antipatico il professore,» commenta Rosa «però questa volta mi sembra proprio che abbia ragione. E Sanna a chi dava ragione?»

«Al regista. Gridava: "Mi avete truccato? E allora adesso mi riprendete, e pretendo pure il primo piano!". E poi aggiungeva: "E un'altra volta che mi volete fuori campo, avvisatemi in tempo, così che io me ne possa andare a Parigi a farmi i cazzi miei!".»

«E pure lui non è che ha torto. Lo so io quello che ci costa prepararci per una scena! Ma, a proposito, chi è che l'aiuta a vestirsi?»

«La sarta, quella francese.»

«Quale sarta?» chiede Rosa impietrita.

«Ma come, non te l'ho detto? Quando ti sentisti male, il giorno dopo, Marchetti fece venire una sarta appositamente da Parigi.»

«E com'è questa sarta?»

«Fisicamente non sarebbe male, magari un po' piccolina, tipo Pascale Petit tanto per intenderci, però se la vedessi ferma a un marciapiede la prenderesti per una puttana.»

«In che senso "puttana"?»

«Ma lo sai come sono fatte le francesi: cinguettano. Non fa altro che dire: "*Très joli, enchantée, mon amour...*".»

«Dice pure *mon amour*? E a chi lo dice?»

«A Sanna. Però non glielo dice con intenzione. È solo un modo di dire, un po' come quando noi diciamo "anima mia".»

«Sì, però, io non dico "anima mia" a uno che ho appena conosciuto, e poi sul lavoro!» obietta Rosa. «Semmai mi meraviglio che Alberto le dia tutta questa confidenza!»

«Beh, se è per questo, gliene dà anche di più. Tu lo sai

com'è fatto: pure con me un giorno ci ha provato, però io l'ho messo subito a posto. Gli ho detto: "Mio caro signor Sanna, la ringrazio per l'attenzione, ma non credo che al cavalier Marchetti farebbe molto piacere sapere che lei cerca di zomparmi addosso".»

«E lui si è offeso?»

«Non proprio. Ha detto: "Va bene, per adesso stiamocene buoni. Però prima o poi dovremo conoscerci meglio. Vuol dire che diventeremo amici quando sarà finito lo sceneggiato, e non staremo più sotto gli occhi di tutti". E poi ha aggiunto: "A te piace fare l'attrice? Sì? E allora mi devi venire a trovare a Roma quando non c'è mia moglie", e mi ha allungato un biglietto con un numero di telefono.»

«Che fetente!»

Si è fatto tardi. Rosa spegne la luce e cerca di dormire, ma per quanti sforzi faccia, non riesce a rilassarsi. Come sarà questa sarta francese? E che fa per Alberto? Provvede solo ai suoi costumi di scena o si occupa di tutto? Tanto per capire: gli prepara anche il pranzo? Vorrebbe chiederlo a Barbara, ma è un pezzo che l'amica si è addormentata. Che ore sono? L'una e trenta e lei non ha la minima voglia di dormire. Forse avrebbe fatto bene a farsi dare un sonnifero dal dottorino. Adesso, però, è tardi per chiederlo all'infermiera. Il guaio è che Alberto ci prova con tutte: è come se si sentisse obbligato a mettere un marchio su tutte le donne che incontra. QUESTA ME LA SONO FATTA. Poi, magari, il giorno dopo non se ne ricorda più, la tratta come una qualsiasi, e nega perfino di averci fatto qualcosa. Rosa accende di nuovo la luce per vedere che ora è: sono le due meno un quarto e di sonno neanche l'ombra. Il cervello nel frattempo continua a ragionare... Che c'è tra Alberto e la francese? Fanno sesso? E se lo fanno, dov'è che lo fanno? Nella roulotte durante la pausa, o in albergo... da lui... durante la notte? Il solo pensiero che Alberto possa fare l'amore con la francese le è insopportabile. A questo punto, deve sapere... si sente obbligata a svegliare Barbara...

«Barbara...»

«Eh?»

«Barbara, scusami, ma ho bisogno di chiederti una cosa...»

Barbara non risponde, si è riaddormentata subito.

«Barbara, Barbara!»

«Eh?»

«Dimmi la verità: ma lui, quando entra in scena, le tocca il culo?»

«....»

«Barbara, per favore,» insiste Rosa «fai un piccolo sforzo: la mattina, un attimo prima del ciac, quando lui entra in scena, hai mai fatto caso se lui, passando, le tocca il culo?»

«...»

«E lei che fa? Si volta quando passa?»

«Sì, sì, si volta» farfuglia Barbara, senza nemmeno rendersi conto di quello che dice.

XVII
Parigi, o cara

«Secondo te, si mantiene?» chiede Marchetti, dando uno sguardo al cielo.

«Le nubi sono alte, e poi questo mese ha già piovuto due volte» lo tranquillizza il regista. «Piuttosto, che dicono i bollettini meteorologici?»

«Cosa vuoi che dicano, dicono "instabile", che è come dire: "Non ci abbiamo capito un cazzo". Io, intanto, ho trentacinque comparse francesi, vestite tutte da capo a piedi con costumi dell'Ottocento che mi costano un occhio della testa, per non parlare degli orchestrali che si fanno pagare un tanto al minuto, come se fossero tutti Toscanini. E non vedo nemmeno Sanna: dove si è cacciato? Perché non si comincia? Chi stiamo aspettando?»

«Sanna è nella roulotte che si sta vestendo» risponde il regista. «Tempo mezz'ora e do il primo ciac. Nel frattempo, provo i movimenti con le comparse. C'è anche il professore.»

Gaslini arriva a grandi passi. Dalla faccia si capisce che qualcosa non gli va proprio giù. Si dirige verso il regista con l'indice puntato.

«È sua l'idea di girare il brindisi all'aperto? E, per di più, di giorno?»

«Così ha deciso la produzione» si giustifica il regista.

«Ma lei perché protesta oggi? Il copione, se non sbaglio, le è stato consegnato tre mesi fa, e sul copione c'era scritto bello e chiaro: "Scena 1, esterno giorno"!»

«E come la mettiamo col coro che canta: *"La notte abbella e il riso, in questo paradiso ne scopra il nuovo dì"*?»

«A parte il fatto che non ho mai capito che vuol dire: *La notte abbella e il riso*» sbotta il regista. «Chi vuole che se ne freghi di quello che canta il coro?»

«Santa pace di Dio! Io davvero non capisco che mi pagate a fare» impreca il professore. «*La Traviata,* lo sanno tutti, comincia con una festa in casa di Violetta. L'intenzione dell'autore è di mostrare il clima di peccato in cui vive la cortigiana, e voi, per tutta risposta, mi girate l'orgia a mezzogiorno in punto, come se fosse un picnic all'aperto! Il *Libiam nei lieti calici* consumato sotto il sole. A questo punto al posto dello champagne mettiamoci la Coca-Cola e non ne parliamo più!»

«Volesse Iddio che ci fosse il sole!» sospira Marchetti. «Il guaio è che è nuvolo e, comunque, esistono ragioni tecniche che ci hanno indotto a preferire l'esterno.»

«E allora spero che scoppi una tempesta; così un'altra volta imparate!»

«Non lo dica nemmeno per scherzo» geme Marchetti, facendo le corna con tutte e due le mani. «Tenga conto, invece, che una scena come questa, girata in interno, con orchestrali e invitati vestiti di tutto punto, richiede saloni, illuminazione, lampadari, tendaggi, poltrone e quadri d'epoca. Detto in soldoni: un centinaio di milioni bruciati in meno di una giornata. Ora, grazie a Dio, gli alberi sono sempre gli stessi da quando mondo è mondo, nel secolo scorso come oggi, ragion per cui sono stato io a decidere che la festa abbia luogo all'aperto. Tanto, poi, dove la giri la giri, la storia si capisce lo stesso.»

Gaslini vorrebbe replicare, quand'ecco farsi avanti Rosa.

«*Uè, qua sta Rosa*!» esclama Marchetti. «Come va signorina? Come si sente?»

La sarta non risponde, quasi fosse in trance e non li avesse nemmeno visti. Come una sonnambula si dirige verso la porta della roulotte. Cerca di aprirla, la scuote, ma è chiusa a chiave.

«Alberto, apri, sono Rosa.»

Dall'interno giunge un certo tramestio, poi il tonfo di una sedia che cade. Passano alcuni secondi, forse anche un minuto, ma la porta non accenna ad aprirsi. Rosa comincia a gridare e a percuotere la lamiera con tutte e due le mani. La porta, se Dio vuole, si apre e appare Sanna semivestito: ha i capelli arruffati, la camicia di scena, il cravattino nero ed è senza pantaloni. Dietro di lui fa capolino Juliette, la sostituta francese.

«Rosa? E che ci fai qua? Non dovevi uscire sabato?» chiede stupito Sanna.

Rosa non risponde; gli dà uno spintone e si fionda direttamente sulla francese, che, poverina, non ha ancora capito con chi ha a che fare.

«*Iesce fore!*» le urla Rosa in faccia, indicandole la porta.

«*Comment? Qu'est-ce que voulez-vous?*»

«*Cheschevulevù, t'aggio ditto: iesce fore!*»

«*Je ne comprends pas...*»

«*No comprì? E allora t'o faccio comprì io!*» ringhia Rosa, sempre in napoletano, prendendola per un braccio e scaraventandola fuori dalla roulotte.

«Tu devi essere pazza!» protesta Sanna. «Ma ti rendi conto di come hai trattato quella povera disgraziata? Ti sembra giusto?»

«No che non è giusto, e tu lo sai perché!» reagisce Rosa. «Perché avrei dovuto buttare fuori te e non lei. Mi ha detto Anima Nera che questa zoccola che hai fatto assumere non ha mai fatto la sarta prima d'oggi, e che è la stessa che ti scopavi ogni volta che andavi a Parigi con la scusa che dovevi fare delle compere, e che te la sei fatta assegnare come sarta personale solo per farci le porcherie nella roulotte, e tutto questo a me non sembra una cosa bella.»

«Non è vero, Juliette ha una sua professionalità...»

«Lo so io qual è la sua professionalità: le marchette!»

Sanna vorrebbe ancora replicare, ma viene interrotto dal megafono dell'aiuto-regista.

«Tutti in scena, si comincia!»

Scena 1, esterno giorno. È la scena che dà inizio alla *Traviata*. Siamo in casa di Violetta, o per meglio dire, nel giardino di casa di Violetta. Alfredo si mette in luce cantando in playback:

Libiam nei lieti calici
che la bellezza infiora,
e la fuggevol ora
s'inebri a voluttà.

Tutti alzano i calici per brindare, e Violetta, sempre guardando negli occhi il suo Alfredo, risponde:

Tra voi saprò dividere
il tempo mio giocondo;
tutto è follia nel mondo
ciò che non è piacer.

Tra un ciac e l'altro Juliette trova sempre una scusa per avvicinarsi a Sanna, ora per aggiustargli il cravattino, ora per dargli una spazzolata al vestito. Evidentemente ha capito che qualcuno mette in dubbio la sua "professionalità", e lei cerca di metterla in risalto.

«Ma può essere che dobbiamo bere sempre quest'acqua sporca?» protesta Sanna, indicando il liquido rosato che ha appena bevuto.

In effetti, non si tratta di champagne, ma di acqua colorata, come del resto è di rigore in tutti i set cinematografici.

«Albé, mi meraviglio di te,» lo rimprovera il regista «lo sai che nel cinema non si bevono alcolici, altrimenti dopo una ventina di ciac finireste tutti sotto i tavoli!»

«Sì, ma tra un ciac e l'altro, un bicchierino per tirarsi su non farebbe male.»

«E va bene» acconsente il regista. Poi, rivolgendosi al suo aiuto, gli dice: «Portate a Sanna una coppa di champagne autentico».

Alberto si fa riempire non uno, ma due calici, per poi porgerne uno a Juliette e fare con lei un brindisi a braccia incrociate. Rosa li fissa e freme: non vuole dare in escandescenze davanti a tutti, ma mugugna quello che gli dirà dopo, in privato, a scena finita. Anzi, ora che ci pensa, non vuole dirgli proprio un bel niente. Gli scriverà piuttosto una lettera dura, dove, nero su bianco, esporrà tutto quello che pensa di lui.

La sarta intravede, poco distante, un tavolino di marmo con due sedie. Lo raggiunge, si siede, strappa un foglio da un block-notes, e comincia a scrivere:

Caro Alberto,

per quanti sforzi faccia, non ricordo di aver mai brindato con te una sola volta. Eppure, Dio solo sa, quante volte avremmo potuto farlo in questi quindici anni vissuti insieme. Ora salta fuori questa zoccolella francese e tu, fregandotene di mortificarmi davanti a tutti, ti metti a bere con lei, mano nella mano, come se foste due sposi in viaggio di nozze...

A quel punto una goccia di pioggia centra in pieno il foglio su cui sta scrivendo. È solo l'inizio: in meno di un minuto si scatena un acquazzone torrenziale. Tutti si mettono a correre verso la villa dove fino al giorno prima hanno girato gli interni, abbandonando così, al loro destino, le macchine da presa, le tavole imbandite, i cibi più o meno finti e i calici colmi di acqua colorata. Rosa, che rispetto agli altri è un pochino più distante dalla villa, è anche l'ultima a fuggire. Recupera la borsa, vi caccia dentro il foglio che stava scrivendo, e si mette a correre. Purtroppo per lei, però, inciampa in un cavo elettrico e finisce lunga lunga per terra. Nessuno se ne accorge e lei resta lì, come un mucchietto di stracci, mentre raffiche di pioggia percuotono il suo corpo da capo a piedi. La poverina sente un forte dolore al petto, ma non ce la fa ad alzarsi. Cerca d'invocare aiuto, ma non le esce che un mezzo rantolo. Il diluvio, comunque, non dura più di tanto: dieci minuti, quindici minuti al massimo, poi cessa di colpo.

La troupe comincia a uscire alla spicciolata. Chissà perché quando c'è un acquazzone sono tutti allegri, tranne il produttore, ovviamente, che si fa un calcolo a mente di quanti milioni ha perso in quei dieci minuti. Il fatto è che, nel cinema, una pioggia improvvisa porta quasi sempre allegria. C'è chi si è bagnato la parrucca, e chi, nel fuggi fuggi generale, ha dimenticato di portarsi dietro la borsa o lo scialle, e ora ha il problema di come asciugarli. Ma ecco che qualcuno si accorge della sarta.

«Ma è Rosa!»

Un paio di macchinisti la prendono di peso e la trasportano nella villa.

«Vuoi vedere che ha avuto un altro infarto?»

«Poveraccia: è davvero una disgraziata.»

«È fredda come il marmo!»

«Per forza: è tutta bagnata.»

«Ma cambiatele i vestiti: non vedete che sono inzuppati!?»

«E che le possiamo mettere?»

«E che vuoi che ne sappia io!» grida il regista. «Basta che me l'asciughiate un pochino e le mettiate un vestito qualsiasi, purché sia asciutto però. Ma, porca puttana, sbrigatevi: non vedete che trema?»

Il primo costume a portata di mano è il camicione che Violetta indossa nel finale. Le costumiste provvedono subito al cambio, mentre qualcuno va a telefonare al dottore. Rosa viene distesa sul letto, e al momento nessuno realizza che quello è proprio il letto dove muore Violetta.

Rosa apre gli occhi. Si guarda intorno e vede tutta la troupe schierata di fronte. Ci sono il regista, il professor Gaslini, il cavalier Marchetti, Barbara, Anima Nera, Mario, le comparse francesi. Ora è lei la protagonista, la protagonista assoluta. Tutti la guardano.

«Dov'è Alberto?» chiede con un filo di voce.

Alberto non c'è: si è chiuso nella roulotte durante l'acquazzone, e ancora non sa nulla. Qualcuno lo va a chiamare. Lui arriva di corsa. Rosa lo accoglie con un sorriso.

«Non mi lasciare» gli dice.

Alberto le s'inginocchia accanto, e le prende una mano. Poi, senza volere, ripete meccanicamente gli stessi gesti dell'ultima scena, quella della morte di Violetta: le accarezza i capelli.

«Sto morendo» sussurra Rosa.

«Non dire sciocchezze» protesta Alberto, sinceramente terrorizzato. «Ormai qui abbiamo quasi finito: sabato prossimo lasceremo Parigi...»

«... *e la vita uniti trascorreremo...*» completa Rosa, citando *La Traviata*.

«... *dei corsi affanni compenso avrai, e la tua salute rifiorirà!*» le fa eco Alberto, ma ormai lei non lo sente.

Nessuno fiata. Qualcuno ha gli occhi umidi. Il silenzio è totale. Tutti hanno l'impressione di sentire nell'aria la musica di *Parigi, o cara*.

OSCAR BESTSELLERS

Follett, Il Codice Rebecca
Follett, L'uomo di Pietroburgo
Ludlum, Il treno di Salonicco
Cruz Smith, Gorky Park
Krantz, La figlia di Mistral
Forsyth, Il giorno dello sciacallo
Follett, Triplo
Follett, La cruna dell'Ago
Tacconi, La verità perduta
Fruttero & Lucentini, Il palio delle contrade morte
Follett, Sulle ali delle aquile
Forsyth, Il Quarto Protocollo
De Crescenzo, Così parlò Bellavista
Forsyth, L'alternativa del diavolo
Robbins, Ricordi di un altro giorno
Forsyth, Dossier Odessa
Lapierre - Collins, Il quinto cavaliere
Forsyth, I mastini della guerra
Bevilacqua, Il Curioso delle donne
Agnelli, Vestivamo alla marinara
Fruttero & Lucentini, A che punto è la notte
Lapierre - Collins, «Parigi brucia?»
Lapierre - Collins, Gerusalemme! Gerusalemme!
Tacconi, Lo schiavo Hanis
De Crescenzo, Storia della filosofia greca. I presocratici
De Crescenzo, Storia della filosofia greca. Da Socrate in poi
Lapierre - Collins, Alle cinque della sera
Bevilacqua, La Donna delle Meraviglie
Fruttero & Lucentini, L'amante senza fissa dimora
Follett, Un letto di leoni
Lapierre - Collins, Stanotte la libertà
Pilcher, I cercatori di conchiglie
Russo, Uomo di rispetto
Manfredi, Lo scudo di Talos
Harris T., Il silenzio degli innocenti
Le Carré, La spia perfetta
De Crescenzo, Oi dialogoi
Bevilacqua, Una città in amore
Follett, Lo scandalo Modigliani
Rutherfurd, Sarum

Rendell, Il segreto della casa
De Crescenzo, Nessuno
Cornwell, Il cimitero dei senza nome
Matheson, Al di là dei sogni
Galli, Gli Agnelli
Milingo, Guaritore d'anime
Bettiza, Esilio
Robertson, Oasis
Sclavi, Non è successo niente
Evangelisti, Cherudek
Di Stefano, Alle sogliole del Duemila
Cornwell, Il nido dei calabroni
Gervaso, I sinistri
Bevilacqua, L'Eros
Harrer, Sette anni nel Tibet
De Crescenzo, Sembra ieri
Braghetti, Il prigioniero
Jacq, Il faraone nero
Castellaneta, Racconti d'amore
Zadra, Tantra
Manara, Le avventure africane di Giuseppe Bergman
Messori, Qualche ragione per credere
Cotroneo, Otranto
Clancy, Cavalleria corazzata
Pinketts, Il conto dell'ultima cena
Blauner, Il nero dell'arcobaleno
Zimler, Il cabalista di Lisbona
Sclavi, Dylan Dog Il castello della paura
Parsi, L'amore violato
Schelotto, Nostra ansia quotidiana
Cornwell B., Excalibur. Il re d'inverno
Cornwell B., Excalibur. Il cuore di Derfel
Cornwell B., Excalibur. La torre in fiamme
Cornwell B., Excalibur. Il tradimento
Cornwell B., Excalibur. La spada perduta
Bonelli - Ticci, Tex. Sulle piste del Nord
Tomizza, Franziska
Castellaneta, L'amore immaginario
Castellaneta, Gli incantesimi
Pezzali, Stessa storia, stesso posto, stesso bar
Kanon, Los Alamos
Greggio, È lui o non è lui? (cerrrrto che è lui)
Fly, Il re del mondo
Jacq, Il grande romanzo di Ramses
Quilici, Naufraghi
Cornwell, Causa di morte
Jacq, Kheops. L'inferno del giudice
Manara, Kamasutra
Bevilacqua, Gialloparma
Rota, Il pirla del 2000
Salvalaggio, Ricco a parole
Pasini, Desiderare il desiderio
Bettiza, Via Solferino
Collins, Salvate il soldato Ryan
Lovett, Un silenzio disperato
Jacq, Kheops. Il testamento degli dèi
Tani, Assassine
Rutherfurd, London
Zavoli, La lunga vita

Forattini, Il libro a colori del post-comunismo
Levi, La vecchiaia può attendere
Høeg, La storia dei sogni danesi
Bocca, Voglio scendere!
Angela P. e A., Viaggio nel cosmo
Augias, Modigliani
Luttazzi, Cosmico!
Cornwell, Il romanzo di Excalibur
Manfredi, Il faraone delle sabbie
Maurensig, Venere lesa
Brooks, Il demone
Camilleri, Un mese con Montalbano
Cruz Smith, L'ala della notte
Baldacci Ford, Il biglietto vincente
Sgarbi, A regola d'arte
Allegri, Padre Pio
Boneschi, Santa pazienza
AA.VV., Ridono di noi
De Carlo, Di noi tre
Fede, Privé
Grisham, L'avvocato di strada
Guccini - Macchiavelli, Un disco dei Platters
Harrer, Ritorno al Tibet
Manara, Il profumo dell'invisibile
James, I figli degli uomini
Vespa, La corsa
Zecchi, L'artista armato
Clancy, Marines
Gervaso, I destri
Mazzantini, Manola
Pasini, La vita è semplice
Sgorlon, Il processo di Tolosa
Wangerin, Il libro di Dio
Jacq, Kheops. Il ladro di ombre
James P.D., Una certa giustizia
Parsi, Trilogia della città di R.
Christie, La casa dei sogni
Costa, L'Italia degli sprechi
De Carlo, Treno di panna
Turow, La legge dei padri
Ellroy, L'angelo del silenzio
García Márquez, Gente di Bogotá
De Crescenzo, Il tempo e la felicità
Bettiza, L'ombra rossa
Bond, Il furore dell'aquila
Simmons, Endymion
Lasky, Il giardino che fioriva di notte
Lovett, Movente accertato
Zavoli, C'era una volta la prima repubblica
Cornwell, Morte innaturale
Harris, Archangel
Lapierre, Mille soli
Palombelli, C'era una ragazza
Schine, L'evoluzione di Jane
Parsi, Le mani sui bambini
Simmons, Il risveglio di Endymion
Castagna, La mano sul cuore
Hermann, Per lettera
Lapierre, Artemisia
Pieraccioni, Trent'anni, alta, mora
Reich, Il conto cifrato
Angela, Da zero a tre anni
Gates, Business @lla velocità del pensiero
Bonelli - Nicolò, Tex. La cella della morte
Brayda, Clone

Limiti, Bugiardo e incosciente
Ravera, Maledetta gioventù
Allegri, La vita e i miracoli di padre Pio
Jacq, Salomone
Parsi, L'amore dannoso
Carr, L'angelo delle tenebre
Gallo, Il grande romanzo di Napoléon
Mawson, La bambina Lazarus
Dolto, Il bambino e la città
Manara, Il gioco
Turow, Quel giorno a Eagle's Point
Bernabei, L'uomo di fiducia
Fo, Ti amo, ma il tuo braccio destro mi fa schifo, tagliatelo!
Zadra, Tantra per due
Giacobini, Un bacio nel buio
Rendell, La strada delle farfalle
De Carlo, Uccelli da gabbia e da voliera
Evangelisti, Magus
McBain, Nocturne
Forattini, Oscar alla regia
Verdone, Fatti coatti
Manara, Storie brevi
Parsi, Il pensiero bambino
Stella, Schei
Follett, Il martello dell'Eden
Messner, Non troverai i confini dell'anima
Nijké-Bergeret, Passione d'Africa
Silva, October
Williams, La parola amore nella terra di Clare
Acquaviva, La ragazza del Ghetto
Collins, La spada di Dio
Cornwell, Punto di origine
Schine, Il letto di Alice
Costanzo, Un paese anormale
Luttazzi, Barracuda
Baldacci, La semplice verità
Bettiza, Il diario di Mosca
Oufkir - Fitoussi, La prigioniera
Angela, Viaggio nel mondo del paranormale
Bocca, Il secolo sbagliato
Hutton, I miei anni con Freddie Mercury
Parsi, I quaderni delle donne
Boralevi, Linee d'ombra
De Carlo, Macno
Fede, L'invidiato speciale
Forattini, Millennium flop
Grisham, Il testamento
Kean, Fraternity
Manara, Tre ragazze nella rete
Maraini, Case, amori, universi
Mughini, Un secolo d'amore
AA.VV., L'uomo ragno. Nascita di un eroe
AA.VV., X-men. Caccia ai mutanti
Sclavi, Dylan Dog Apocalisse
Tani, Coppie assassine
Brooks, Il cavaliere del verbo
Clancy, Ali d'acciaio
Parsi, Più furbi di Cappuccetto Rosso
Pasini - Francescato, Il coraggio di cambiare
Quilici, Alta profondità
Roversi - Ragusa, Il barzellettiere mondiale

Sgarbi, La casa dell'anima
Vespa, Dieci anni che hanno sconvolto l'Italia
Zecchi, Capire l'arte
Zucconi, Storie dell'altro mondo
Blanchard, Tenebre
Cornwell, Croce del Sud
Findley, La figlia del pianista
Andreotti, Piccola storia di Roma
De Crescenzo, Le donne sono diverse
Redmond, L'allievo
Wolfe, Un uomo vero
Stella, Lo spreco
Bettiza, Mostri sacri
Dalai Lama , L'arte della felicità
Camilleri, Gli arancini di Montalbano
Harris, Hannibal
Harrer, Parete Nord
Bocelli, La musica del silenzio
Manara, Gulliveriana - Ballata in si bemolle
De Carlo, Nel momento
Pelù, Perfetto difettoso
Porter, Il giorno del tradimento
Rifkin, L'era dell'accesso
Schelotto, Equivoci & sentimenti
Muhsen, Ti salverò!
Angela, Alfa & Beta
Forsyth, Il fantasma di Manhattan
Vitale, La casa di ghiaccio
Castellaneta, Tracce dell'anima
Jacq, La misteriosa sapienza dell'antico Egitto
Bonelli - Galleppini, Tex. Nel regno dei Maya
Chendi, Il principe Siddharta
Russo, Né vendetta né perdono
Allegri, Il Papa buono
Martin, Il grande inverno
Martin, Il trono di spade
Carrano, Illuminata
Bevilacqua, Sorrisi dal mistero
James P.D., Scuola per infermiere
Geronimo, Strettamente riservato
Jacq, Claire
Le Carré, L'onorevole scolaro
Jacq, L'architetto
James P.D., Il tempo dell'onestà
Weis - Hickman, La settima porta
Jacq, Nefer
McBain, Ultima speranza
Manfredi, Akropolis
Smith - Quesada, Devil. Il diavolo custode
Stella, Chic
Disney, Paperinik il vendicatore
Lombardo Radice - Ravera, Porci con le ali
Castelli, Martin Mystère. Il segreto delle Ande

«Croce e delizia»
di Luciano de Crescenzo
Oscar bestsellers
Arnoldo Mondadori Editore

Questo volume è stato stampato
presso Mondadori Printing S.p.A.
Stabilimento NSM - Cles (TN)
Stampato in Italia. Printed in Italy

39053
2005